QUANDO A GENTE ACONTECE

BELLE LEAL

QUANDO A GENTE ACONTECE

BELLE LEAL

PandorgA
NACIONAL
2019

Direção Editorial
Silvia Vasconcelos

Preparação:
Equipe Editora Pandorga

Revisão
Gabriela Peres

Capa e Diagramação
Renato Klisman

Texto de acordo com as normas do Novo Acordo Ortográfico da Língua Portuguesa
(Decreto Legislativo Nº 54 de 1995)

Dados Internacionais de Catalogação na Publicação (CIP)
Bibliotecária responsável: Aline Graziele Benitez - CRB-1/3129

L43q Leal, Belle
1.ed. Quando a gente acontece / Belle Leal. – 1.ed. –
São Paulo: Pandorga, 2019.
160 p.; 14x21cm.

ISBN: 978-85-8442-399-6

1. Literatura brasileira. 2. Ficção. 3. Romance.
4. Juvenil. I. Título.

CDD 869.93

Índices para catálogo sistemático:
1. Literatura brasileira: ficção
2. Romance

2019
IMPRESSO NO BRASIL
printed in Brazil

DIREITOS CEDIDOS PARA ESTA EDIÇÃO À
EDITORA PANDORGA
RODOVIA RAPOSO TAVARES, KM 22
GRANJA VIANA - COTIA/SP
TEL.: (11) 4612-6404

PandorgA
NACIONAL

www.editorapandorga.com.br

Dedicatória

"Lembre-se de que seus sonhos são como anjos. Eles vão lhe guiar até a luz do amor e espantarão toda a escuridão",

Quando a gente acontece, capítulo 17.

Para Henrique Castelo, o meu Tio Haroldo na vida real. Você me deu a herança mais linda que eu podia sonhar em receber. Vou cuidar dela pelo resto da minha vida. Saudades. Te amo pra sempre, ao infinito e além.

Agradecimentos

Não sei nem como posso agradecer a todas as pessoas que me acompanharam nessa jornada...

Mas... Vamos lá!

Natali, Marcelo e Camille, mamãe, papai e *sista*, vocês são as minhas maiores inspirações! Tudo o que sei sobre o amor é por causa de vocês. Eu amo vocês num nível...

Bárbara Furtado, você foi/é o maior presente que a escrita me deu. Nas nossas loucuras (que eu prefiro não comentar, por razões óbvias), a gente se entende. Você é a melhor! *I Love you to the moon and back.*

Amanda Cassiano e Isleane Ellen, que venham muitos eventos para nós! Sei que ainda tem tanta coisa esperando pela gente... Obrigada por terem acompanhado o nascimento desse projeto e pela paciência sem fim (meus dramas enchem o saco, sei disso!). Amo vocês.

Socorro Acioli, obrigada por me fazer ver as palavras com novos olhos. Você me ensinou muito mais do que o processo de escrita narrativa. Eu aprendi, acima de tudo, sobre o poder das palavras.

Pietra Renner, obrigada por estar torcendo por mim o tempo todo! Sua empolgação me contagia sempre. Saudades das nossas conversas paralelas na hora da aula (sim, isso é muito errado), Pipi! Te amo!

Karina Petrola, ou melhor, Tia K, não sei nem como agradecer por todo o incentivo que você me dá e sempre me deu. A fé que você coloca em mim me faz acreditar que eu posso, sim, realizar os meus sonhos.

Sílvia e Juliana (ou, como eu costumo chamar, Ju), duas queridas da Pandorga, que trouxeram o sonho que "Quando a gente acontece" era/é para a realidade. Muitíssimo obrigada por toda a dedicação, carinho e todo o cuidado com o meu trabalho. Vocês são incríveis!

Paula Pimenta e Carina Rissi, minhas musas inspiradoras do universo literário. Foram vocês e suas histórias que deram vida aos sonhos que habitavam em mim. Muito obrigada!

Sophie e Alexander Ferraz, é por vocês que eu estou aqui, é por vocês que sempre estarei aqui. Obrigada por terem me encantado com o seu amor e me permitido contar sua história! Espero encontrar vocês em breve! Eu, sinceramente, acho que Linda e Nicholas ainda têm muita dor de cabeça para dar a vocês dois. (Talvez...? Quem sabe...?).

Playlist do Livro:

Prólogo: "Brand New Me", Alicia Keys.
Capítulo 1: "Chasing Cars", Snow Patrol.
Capítulo 2: "The Climb", Miley Cyrus.
Capítulo 3: "18", One Direction.
Capítulo 4: "Remedy", Adele.
Capítulo 5: "Just a Kiss", Lady Antebellum.
Capítulo 6: "Thinking Of You", Katy Perry.
Capítulo 7: "All Of Me", John Legend.
Capítulo 8: "All I Ask", Adele.
Capítulo 9: "Turning Page", Sleeping At Last.
Capítulo 10: "Love Someone", Jason Mraz.
Capítulo 11: "Lay Me Down", Sam Smith.
Capítulo 12: "With Or Without You", U2.
Capítulo 13: "This Love", Taylor Swift.
Capítulo 14: "Stay", Rihanna.
Capítulo 15: "Make You Feel My Love, Adele.
Capítulo 16: "Faithfully", Journey (versão Glee).
Capítulo 17: "The Power Of Love", Gabrielle Aplin.
Capítulo 18: "Perfect", Ed Sheeran.
Capítulo 19: "Dentro de Mim", Bárbara Dias.
Epílogo: "Photograph", Ed Sheeran.

Prólogo

Oh, it took a long,	Oh, levou muito tempo
long time to get here	para chegar até aqui
It took a brave,	Levou uma garota
brave girl to try	corajosa a tentar
It took one too many	Foram necessárias muitas
excuses, one too many lies	desculpas, muitas mentiras
Don't be surprised,	Não fique surpreso,
don't be surprised	não fique surpreso

Alicia Keys, "Brand New Me"

Sempre fui muito organizada. Com tudo! Bem... Para falar a verdade, o certo seria com *quase* tudo. Mas isso é só um detalhe. E o que uma aproximação não resolve? Tinha a vida toda planejada. Se me perguntassem como eu estaria em cinco ou até mesmo dez anos, a resposta seria imediata. Certa. Convicta.

O futuro não me assustava. Na realidade, sempre me fascinou. Mas algumas coisas simplesmente fogem do controle. Algumas coisas apenas acontecem, sem pedir permissão ou sequer licença.

Quando *ele* aconteceu na minha vida... Não posso negar que foi um verdadeiro tapa em meu rosto e em tudo o que eu acreditava.

Mas foi a chance que tive para entender, perceber que, ao ser pega de surpresa por mais uma das confusões que a vida me metia — ou, até mesmo, que eu me metia — o meu coração nunca mais seria o mesmo, afinal, ele estivera perdido e finalmente havia se encontrado.

Capítulo 01

I don't quite know	Eu não sei bem
How to say	Como dizer
How I Feel	Como eu me sinto

Snow Patrol, "Chasing Cars"

— Bisturi — pedi à Margareth, minha enfermeira e instrumentadora favorita, dando início a mais uma cirurgia.

Lembro do meu primeiro dia como residente no Hospital Leal d'Ávilla. Ela era a única enfermeira que escutava o que eu dizia. Ao contrário dos seus colegas, Margareth acreditava que eu havia chegado onde cheguei por mérito. Por muito esforço e dedicação.

Antes de trabalharem comigo e me conhecerem de verdade, ainda durante minha residência, boa parte dos meus colegas — tanto os enfermeiros quanto os outros médicos — jamais imaginariam que consegui minha vaga como residente cirúrgica dois anos antes sendo tratada como todos os outros, como igual.

Mas tenho que admitir: ser filha de Amélia Leal e de Otávio d'Ávilla não facilitava em nada quando o assunto era provar minha competência como médica.

O fato de que o hospital carrega o nome dos meus pais não é nenhuma coincidência. Acontece que, praticamente trinta anos atrás, os meus pais, ele um neurocirurgião e ela uma cirurgiã geral, montaram uma pequena clínica no bairro Morumbi na cidade de São Paulo. Mas ninguém nunca teria imaginado que, em poucos anos, aquele jovem casal estaria prestes a fundar um dos melhores hospitais do país. Se não *o melhor*.

Mas havia um porém. Meus pais não tinham dinheiro suficiente para abrir um hospital de porte tão grande quanto pretendiam. Mas isso mudou com a oferta do meu padrinho, Haroldo.

Tio Haroldo nunca se casou e, sendo assim, não teve filhos. Tinha perdido os pais e os irmãos em um acidente de helicóptero no qual foi o único sobrevivente. Arrisco dizer que se fechou para o mundo, com algumas exceções, é claro.

Entre tais exceções encontrou uma nova família em meio aos seus melhores amigos: os meus pais e um outro casal.

Tio Haroldo, que, após a morte dos pais, tinha herdado todos os milhões da conta bancária da sua família, ofereceu um acordo aos meus pais. Ele se propôs a pagar 50% do investimento no hospital em troca de 50% das ações. Sendo assim, eles se tornariam sócios.

Assim como os meus pais, batalhei muito por todos os sonhos que hoje se tornaram realidade.

Não foi diferente com a medicina. Havia dias em que o cansaço me dominava e eu quase cogitava a hipótese de desistir do meu tão sonhado curso. Eu disse *quase* cogitava. Porque, no fundo, bem no fundo mesmo, eu sabia e sentia que o futuro me reservava jaleco e cheiro de hospital. Então, eu nunca desisti. Não era uma opção. *Nunca* vai ser uma opção. É impossível até mesmo imaginar como a minha vida seria vazia sem as longas e cansativas — mas ao mesmo tempo muito gratificantes por saber que estou dando o melhor de mim para ver meu paciente bem e saudável — horas que costumo passar operando no centro cirúrgico.

Saí dos meus devaneios e voltei a focar nas suturas que estava fazendo. E, passadas algumas horas de cirurgia, minha paciente já havia sido encaminhada para a UTI, mesmo estável, apenas para observação. Saí do centro cirúrgico e, depois de ir à sala da minha mãe para pegar um pouco de café, já que a minha cafeteira estava quebrada, fui até a minha própria sala na esperança de poder estudar e avaliar alguns prontuários que meu pai havia me entregado pela manhã.

Mas, no momento em que eu me sentei na cadeira e abri o primeiro prontuário, bateram na porta:

— Dra. Sophie? — Ouvi a voz de Margareth e logo a convidei a entrar.

— Sua última paciente acabou de acordar. Está pedindo para falar com você — avisou-me a enfermeira de aparência cansada e alegre. — Isso é ótimo! — comentei com um sorriso no rosto. Saber que meus pacientes estão bem é, honestamente, uma das melhores sensações que já senti na vida.

Levantei-me da cadeira e andei pelos corredores do hospital até chegar na UTI. Avistei minha paciente deitada na cama, conversando com outra enfermeira que havia me auxiliado durante a operação.

Quando a paciente me viu, abriu um sorriso largo e me agradeceu incansavelmente por tudo o que eu tinha feito para mantê-la saudável e forte. Apertei sua mão com delicadeza e dei uma série de orientações para o período de recuperação.

Trocamos mais algumas palavras antes que eu saísse pela porta e voltasse para minha sala.

Tirei o jaleco e o pendurei no cabide de dentro do armário. Arrumei a minha mesa, que parecia ter sido vítima de um terremoto, organizei meus prontuários e preparei minha agenda de cirurgias para a próxima semana.

Meus plantões de fim de semana são intercalados: semana sim, semana não... Por coincidência ou não, eu não estaria de plantão naquele fim de semana. E mesmo que estivesse, daria um jeito de pedir para alguém me cobrir. Ou sei lá... Eu ia me virar de algum jeito! Eu não poderia nem sonhar em faltar ao jantar daquela noite.

Jôse, uma das minhas melhores amigas, resolveu, por algum motivo, dar um jantar no apartamento em que morava com o namorado, um dos meus melhores amigos.

Clichê, não? Meu melhor amigo com minha melhor amiga? Devo acrescentar que essa não é nem metade da história.

Desde a época do Ensino Fundamental, eu e minhas melhores amigas, Annelise, Maddie e Jôse, sempre fomos inseparáveis. Éramos apenas nós quatro até o dia em que Philipe, o atual marido de Annelise — ou simplesmente Annie — pediu que eu corrigisse a redação dele, já que sempre tive muita facilidade com as palavras por conta da minha bagagem literária.

Assim como eu tinha meu grupo de melhores amigas, Phin tinha o dele, composto por Bruno, Gabriel e Alexander. Nunca o chamei de Philipe, afinal, ele também nunca me chamou de Sophie. Para ele, eu sou a "Paixão", apelido que não suporto, e, para mim, ele é o Phin, pois sei que ele odeia (por algum motivo que eu nunca entendi). "*Sempre me lembro daquele programa infantil 'Hora de Aventura*", ele costuma falar.

E, quando percebemos, já havíamos engatado uma amizade muito estranha, mas, surpreendentemente, maravilhosa. Então foi inevitável que aproximássemos nossos grupos de amigos.

Essa aproximação dos dois grupos fez com que cada um encontrasse a sua metade. Jô e Bruno dividem um apartamento há algum tempo; Maddie e Gabriel estão namorando sério desde o 2º ano do Ensino Médio. Ou seja, praticamente dez anos. Annie e Phin se casaram há uns dois anos e foram abençoados com a chegada de um bebezinho quatro meses atrás, o Theo.

E Alexander e eu... *Ai, droga! Acho que calculei errado! Muito errado mesmo...*

Alexander está mais solteiro do que nunca. Acaba se envolvendo com algumas mulheres de vez em quando, mas nada muito sério.

E eu... Bem, eu estou namorando há quase um ano. E admito que até gosto do Roberto. Mas maior do que o meu afeto por ele é a minha certeza de que ele não é o amor da minha vida. E, ainda maior do que isso, é a náusea que sinto ao me imaginar casando, tendo filhos ou comprando uma casa na praia com ele.

Não que ele seja feio, nojento ou algo do tipo. Muito pelo contrário! Quando começamos a namorar, uma quantidade enorme de mulheres passou a me olhar feio por causa da inveja que sentiam do meu relacionamento. Talvez muitas delas estivessem apenas incrédulas.

Sim, incrédulas! Digo isso porque eu mesma fiquei ligeiramente chocada quando Roberto demonstrou interesse em mim. Quero dizer... Ele é alto, musculoso e tem olhos acinzentados que, de certa forma, me fascinam mais do que tudo. Sem falar no quanto eu me sinto uma verdadeira princesa quando estou com ele.

Sempre fui e sempre serei — de acordo com Gabriel — a mais baixa entre os meus amigos. Malditos 1m58! Era tão difícil crescer mais uns dois centímetros e ficar com 1m60?. Minha baixa estatura sempre me fez — e faz — sofrer todos os tipos de brincadeiras. Valeu, Jô e Maddie!

Tenho cabelos longos e levemente ondulados em um tom bem escuro de castanho e olhos na mesma tonalidade. Ou seja, nada de incrível. Tenho pele clara, ao contrário das minhas amigas, que sempre capricharam no bronzeado. Com exceção de Annie, que é ainda mais branca do que eu.

Mas Roberto faz questão de dizer o quanto sou linda todos os dias. Não que eu esteja reclamando...

Acho que o namoro começou por conveniência. Eu não estava apaixonada por ele. Muito menos ele por mim. Porém, preciso admitir que sempre acontecia algo entre nós quando nos víamos. Rolava uma certa química, sem sentimento, mas rolava. E como uma coisa leva a outra, acabamos namorando.

Os elogios, as piadas, as conversas, os carinhos, os beijos e os toques... Tudo isso o transformava em um homem perfeito.

Mas não é tão fácil como aparenta ser... Eu simplesmente sei que Roberto não é a pessoa que eu escolheria para passar o resto da minha vida.

Ele é o homem dos sonhos de qualquer mulher. O problema é que *eu não sou qualquer mulher.* Eu sou estranha ao extremo, a *diferentona.* Sempre fui complicada demais em todos os aspectos. Intensa até dizer chega, aqui é oito ou oitenta. Não recebi o título de *drama queen* à toa. E acho que nunca conheci alguém mais medrosa que eu.

O meu peito se aperta diante das inúmeras decisões que preciso tomar. A dúvida se espalha no meu coração e tudo o que me restam são as perguntas: *Estou fazendo isso certo? Esse é o meu melhor? Quais são minhas opções? Como devo agir?*

Tantas escolhas... Tanto medo...

No fim das contas, a dúvida que prevalece é apenas uma: *O que devo fazer? Isso* é algo que ninguém sabe responder.

Capítulo 02

Every step I'm taking	Todo passo que eu dou
Every move I make	Todo movimento que eu faço
Feels lost with	Parecem estar perdidos,
no direction	sem direção
My faith is shaken	Minha fé está abalada
But I, gotta	Mas eu preciso
keep trying.	continuar tentando
Gotta keep my	Preciso manter minha
head held high	cabeça erguida

Miley Cyrus, "The Climb"

QUANDO VIU A PLACA DO CARRO, o porteiro do prédio de Jô nem precisou perguntar o meu nome para me deixar entrar. Era de se esperar que ele já me conhecesse, afinal, eu quase morava lá. E só não morava porque minha amiga passava mais tempo no meu apartamento do que no próprio.

Os encontros, quase sempre mensais, do nosso grupo todo (Annie, Phin, Maddie, Gabriel, Alexander, Bruno, Jô e eu) eram quase sempre lá em casa. Talvez por causa da varanda aconchegante e super bem decorada ou pela sala de cinema, onde nos acomodamos no pequeno sofá e no tapete felpudo que recobre o chão.

Por mais que eu ame os nossos encontros, a hora do filme é sempre um pesadelo, assim como o filme em si, que é sempre de terror. Meus motivos são simples. Além de ter que sentir a morte bater na minha porta a cada cena medonha do filme e segurar vela para os casais, não tenho ninguém para me enroscar quando vejo algo terrivelmente assustador na tela. Então, eu grito. E costumo atrapalhar o clima de romance ao me jogar sobre o casal que mais está me irritando no momento. Mas me encontrar com meus amigos é, definitivamente, o ponto alto da minha semana. É quase como se eu pudesse esquecer a vida adulta e voltar a ser só uma adolescente sonhando com o futuro.

Estacionei meu carro dentro da garagem na única vaga que encontrei e que, para meu desgosto, ficava bem ao lado do carro de Alexander.

Já no elevador, meti a mão dentro da bolsa e, quando meus dedos bateram em um nécessaire de maquiagens, dei uma olhada no grande espelho atrás de mim. *Mas que burra, Sophie!*, pensei ao notar que faltava cor no meu rosto.

É óbvio que faltava. As pálpebras cobertas por uma fina linha de delineador preto e uma leve sombra, e o contorno de rosto, obviamente, não iriam dar vida aos meus traços.

Revirei o estojinho de maquiagens até encontrá-lo. Meu amigo fiel: o batom vermelho. Quando estava prestes a encostar o cosmético nos lábios, rezando para não borrar, o elevador parou no andar do térreo e as portas se abriram.

Respirei bem fundo e ignorei a presença da pessoa que eu mais abominava no mundo e que, por acaso, carregava uma garrafa do meu vinho favorito. E, quando as portas voltaram a se fechar, voltei minha atenção para o batom. Deslizei-o por minha boca, colorindo-a com um tom de vermelho sangue.

Apertei os lábios antes de dar os retoques finais e guardar meu vermelhão de volta na bolsa. Os olhos *dele* estavam fixos em cada movimento meu.

— Algum problema comigo? — perguntei com ironia.

— Com você? Vários... Mas sou educado demais para começar a enumerar todos os seus problemas — respondeu ele com aquele sorriso sacana que, depois de tantos anos, já sabia o quanto me irritava.

Revirei os olhos e finalmente chegamos no andar da Jô. Travamos uma batalha silenciosa de olhares fulminantes para decidir quem iria tocar a campainha. Dessa vez eu havia ganhado.

Endireitei-me sobre o salto de quase quinze centímetros e pressionei o pequeno botão ao lado da porta. Em menos de um minuto, minha amiga abriu a porta com uma expressão aliviada.

— Ah! Graças a Deus! Achei que você tinha ficado presa em uma cirurgia ou sei lá... — disse Jô, com seus cabelos curtos e lisos claramente bagunçados, puxando-me para um abraço e fazendo com que eu me desequilibrasse um pouquinho.

— Por que tanto desespero? Quero dizer... A gente conversa por *FaceTime* todos os dias! — respondi, estranhando um pouco o comportamento da minha amiga.

— Eu só estava com saudades — afirmou ela enquanto se afastava para o lado, dando-me passagem para entrar em seu apartamento de decoração rústica.

O namorado de Jô estava na cozinha americana abrindo uma garrafa de vinho branco, e, pela visão de relance que dei, era o meu favorito. Das duas uma: ou pretendiam dar alguma notícia estrondosa — ao menos é assim que as notícias importantes são dadas por aqui desde o dia em que Annie e Phin revelaram que seu primogênito estava a caminho — ou estavam querendo me embebedar.

Coloquei minha bolsa no cantinho do sofá, tirando o celular para o caso de ser chamada no hospital, e fui cumprimentar Bruno para, por fim, sentar-me em uma das banquetas do balcão que separava a sala da cozinha.

Servi um pouco de vinho na taça que peguei no armário, aproveitando cada partícula do sabor docinho, já que seria minha primeira e última taça da noite. E, quando Jô se aproximou, começou a relatar o último caso que pegou no trabalho, algo que eu adorava ouvir.

Ela é promotora e, mesmo sendo tão nova e tendo poucos anos de experiência, é uma excelente profissional da área. Passou no concurso pouco tempo depois de terminar a faculdade de direito.

Os outros dois entraram na conversa, mas só falavam algo quando o assunto se direcionava para eles. Minhas amigas e eu temos uma espécie de "pol*í*tica" que proíbe qualquer tipo de intromissão alheia quando estamos conversando entre nós. Depois de longos anos de amizade, os garotos aprenderam isso.

Pouco tempo depois, Maddie chegou acompanhada do namorado. E, logo em seguida, Annie adentrou o apartamento com Phin e Theo, o meu afilhado de quatro meses.

Espalhados pela sala, mudamos de assunto e começamos a conversar sobre nossos tempos de escola.

Estudávamos todos na mesma sala. Maddie e eu ocupávamos as primeiras carteiras, de filas vizinhas, e Annie se sentava logo atrás de mim. Jô e os meninos eram como nômades. Em alguns dias se sentavam ao nosso lado, em outros sentavam lá no fundão.

— Vocês se lembram da nossa guerra de borrachas? — perguntou Gabriel dando uma gargalhada alta.

— Meu Deus! Acertaram meu olho naquele dia! Fiquei meio cega por quase duas semanas... — respondeu Maddie balançando a cabeça, descrente com a própria burrice.

— Gente, eu realmente odeio ter que estragar esse momento tão nostálgico. Mas Jô e eu temos que contar uma coisa importante! — falou Bruno, meio nervoso, e Jôse sorriu claramente ansiosa, indicando que o namorado deveria prosseguir.

— Já faz um tempo que eu vinha pensando em fazer uma coisa e, ontem, finalmente tomei vergonha na cara e fiz. Jô e eu vamos, oficialmente, nos casar! — anunciou ele demonstrando uma felicidade que eu achava não ser capaz de caber em alguém.

Uma quantidade infinita de comemorações se deu início. Annie não parava de parabenizá-los; Maddie, a chorona, não conseguia conter as próprias lágrimas; e eu apenas sorria, sincera e honestamente, feliz enquanto abraçava o casal.

Aquele grupo ali, aquelas sete pessoas que estavam ao meu redor, eram, sem dúvida alguma, a minha família, a família que pude escolher. Eles nunca me deixaram desamparada. É claro que em alguns momentos eu me senti deixada de lado ou até mesmo abandonada por eles. As famílias brigam, é algo normal. Mas no fim do dia, eu sempre soube que eles estariam comigo. De braços abertos. Prontos para comemorar, rir, conversar, viajar, trabalhar e chorar comigo. E, o mais importante de tudo, eu nunca desconfiei da fé que tinham em mim.

Eles sempre torciam para que eu fizesse, recebesse e tivesse o melhor em todos os aspectos da minha vida.

Essas pessoas são o meu maior porto seguro. E não sei se, algum dia, eu serei merecedora do amor que sinto quando estou com todos eles. Então, tudo o que eu podia fazer era *sempre* torcer e rezar para que coisas maravilhosas acontecessem na vida de cada um deles.

E, naquele momento, olhando para minha família, eu não poderia me sentir mais grata ou abençoada pelas conquistas de cada um. Sei que não existe mais ninguém nesse mundo que cuidaria tão bem de Jô. E sei que não existe mais ninguém que completaria Bruno do jeito que minha amiga completa.

Jô, agora noiva, estava prestes a falar algo quando foi interrompida por um choro potente. Theo não aceitava a chupeta de jeito nenhum. Seria fome? Mas Annie garantiu que fome não era, uma vez que o bebê tinha mamado antes de saírem de casa.

— Talvez seja sono — comentei. — Vem com a titia, amorzinho...

Deixei minha taça de vinho na mesinha de centro e desci dos saltos para, então, pegá-lo no colo. Phin me entregou uma fralda de pano e a chupeta azul.

Acomodei Theo deitado em meus braços antes de me dirigir à varanda. Seu choro foi cessando aos poucos quando comecei a dançar com ele e cantarolar baixinho.

Seus olhinhos verdes, iguais aos do pai, foram fechando gradativamente até o sono dominá-lo por completo. Sorri, olhando para o bebê adormecido com a expressão relaxada.

Meus pensamentos viajaram para longe e comecei a imaginar o momento em que eu poderia ninar meu próprio bebê do jeito que fiz com Theo.

Desde pequena, ser mãe sempre foi meu sonho. Antes mesmo da medicina. O desespero que senti quando soube que uma colega da faculdade havia perdido o filho ainda estava vívido na minha mente. Não sei se eu aguentaria passar por isso. Não sei se eu conseguiria ao menos respirar. E não sei se seria capaz de sentir tamanha dor em meu coração.

Uma lágrima escorreu pelo meu rosto e eu a enxuguei antes que alguém pudesse notar. Retornei à sala, atravessando-a para, então, seguir em direção a um dos quartos. Jô e Bruno diziam que era um quarto de hóspedes, mas eu duvidava muito... Na minha opinião, eles haviam escolhido aquele apartamento de dois quartos pensando nos filhos que teriam um dia.

Minha intenção era colocar Theo no carrinho que Annie já tinha deixado preparado para ele dormir. E, depois de deitá-lo e cobri-lo com o lençol com estampa de peixinhos, fiquei parada ali de pé, observando o sono tranquilo do bebê de cabelos loiros. Então meus pensamentos viajaram para meu futuro.

Tudo o que eu havia planejado desde a adolescência, praticamente, já tinha acontecido. Mas e agora? Quais seriam meus planos, meus sonhos, minhas expectativas? Minha vida andava tão corrida ultimamente que eu estava desnorteada, confusa, quase perdida. Eu mal a reconhecia. Eu mal *me* reconhecia.

Não tive um minuto sequer para idealizar minhas próximas metas, meus próximos projetos e, o principal, meus próximos sonhos.

Observando a vida que minhas amigas tinham, em relacionamentos sérios e com um futuro nítido — diferente do meu namoro com Roberto — casadas e até mesmo com filhos, dei-me conta de que eu ainda tinha muita coisa para alcançar.

Aonde a vida está me levando?, pensei, angustiada. Não há mais palavras, jeitos ou motivos para continuar negando as falhas no meu planejamento. Porque, sim, eu falhei. Com meus planos, com meus sonhos, com o futuro que eu queria, comigo mesma.

E era impressionante como toda vez que começo a sonhar, planejar, agarrar-me em algo para me manter de pé e viver minha vida de forma confiante, uma voz muito chata me impedia dizendo que nunca vou conseguir chegar onde quero.

Não consegui evitar o choro. Eu já não tinha mais controle de nada. Nem do meu choro e nem mesmo da minha vida. Era um choro cru. As lágrimas apenas escorriam. Sem som algum.

Não sei por quanto tempo fiquei ali, sufocada, afogada, embargada nos meus pensamentos. Pensamentos que estavam me causando dor. Só sei que voltei à realidade quando senti a mão *dele* no meu rosto, acariciando-o e enxugando as lágrimas que ali estavam.

Recuei quando senti seu toque. *Por que demorou tanto tempo para demostrar que se importa? Por que daria a mínima justo agora?* Desde a nossa adolescência, nós dois trocávamos farpas. Nós nos odiávamos naquela época e continuávamos nos odiando agora. Nunca houve trégua ou coisa do tipo. A mágoa era maior do que qualquer coisa. *Ele* estava ali para rir de mim, para debochar?

— Sophie? Está tudo bem? Óbvio que não está... — começou, atropelando-se nas próprias palavras. — O que aconteceu? Por que está chorando? — insistiu, aparentemente preocupado.

— Você se importa mesmo ou só está perguntando por que sua mãe lhe deu educação? — perguntei com tanto receio que até soei fria.

— Olha, pelo que eu saiba, você não é nenhuma *cavala* para sair dando coices nas pessoas! Então, se quer que eu saia, ou se quiser ficar sozinha, ou... Sei lá! Só estou tentando ajudar — concluiu, incomodado, enquanto seguia em direção à porta.

Antes que *ele* pudesse sair do cômodo, agarrei sua mão, puxando-o para um abraço apertado. Um abraço que eu vinha precisando. Um abraço mais do que necessário. Um abraço suficiente para aquecer meu coração.

— Desculpe — murmurei, aninhando minha cabeça na curva do pescoço dele, que parecia ter sido feita sob medida pra mim. Como se fosse feita para eu me encaixar.

— Quer me contar o que aconteceu? Ou quer ao menos conversar sobre o que magoou você? — sussurrou, acariciando meus cabelos cuidadosamente, pois sabia o quanto eu não suportava ficar com eles bagunçados.

Ainda meio incerta sobre o que fazer, respirei fundo e contei tudo a ele. Tudo o que vinha me assombrando: meus medos, minhas inseguranças, meus planos, minhas incertezas, meus problemas. Tudo.

— Não posso dizer nada que vá fazer você se sentir melhor. Mas eu posso, sim, dizer que tudo vai passar. Todas as coisas, mesmo que a gente não queira, passam. Uma hora ou outra elas vão embora. — *Ele* fez uma pequena pausa para erguer meu queixo com a mão. — Nós temos nossas diferenças e elas não são pequenas. Mas eu estaria mentindo se não dissesse o quanto você é incrível, Sophie. Nunca conheci uma pessoa tão boa e com o coração tão... tão... Eu nem sei como dizer! Você é, sem dúvidas, um ser humano extraordinário, com uma capacidade que supera as estatísticas de qualquer pessoa. Sei que você sente que o mundo está conspirando contra sua vida e seus sonhos. Sei que você sente seus passos cada vez mais perdidos e sem direção. E eu também sei que sua fé está abalada. Mas, Sophie... É assim que a vida funciona. Precisamos continuar tentando. E, principalmente, devemos manter a cabeça erguida — disse e depois beijou minha testa demoradamente. — Eu não sei bem o que dizer... Acho que uma das meninas seria bem mais útil do que eu, agora — comentou, soltando uma risada fraca.

Mas, surpreendentemente, estar ali com *ele* parecia certo. Tudo o que eu precisava era do calor do seu abraço, do conforto que seus braços proporcionavam. Era como se eu pertencesse àquele lugar. Era como se eu fosse feita para estar ali. Nos braços de Alexander.

Capítulo 3

I have loved you	Eu te amo desde
since we were 18	os nossos 18 anos
Long before we both	Muito antes de nós
thought the same thing	pensarmos do mesmo jeito
To be loved,	Para ser amado
to be in love	e estar apaixonado

One Direction, "18"

A HISTÓRIA DA FAMÍLIA DE ALEXANDER era parecida com a história da minha própria família. Tanto os meus pais quanto os dele são médicos e estão entre os melhores do país. Por coincidência, são melhores amigos.

E é aí que a história se repete.

Ana e Tiago, uma cirurgiã pediátrica e um cirurgião neonatal,, são donos do — modéstia à parte — segundo melhor hospital do país, ficando atrás apenas do Hospital Leal d'Ávilla. Mas também precisavam de dinheiro para darem início à construção de seu hospital, então, Tio Haroldo, que era amigo íntimo do casal havia anos, fez o mesmo acordo com os pais de Alexander. Investiria 50% e teria 50% das ações do hospital.

Nossos pais se conheceram depois da criação de ambos os hospitais, acho que em alguma festa, não sei bem.

Alexander e eu sempre tivemos isso como desculpa para nossa rixa — sem contar que nós estávamos sempre brigando pela atenção de Tio Haroldo, nosso padrinho. Mas o que quase ninguém sabia era que essa mágoa ia muito além de uma mera competição. Havia um outro problema. Não era por conta dos hospitais. Afinal, Maddie, a amiga com quem divido um apartamento, é irmã gêmea de Alexander e, sendo assim, eu não poderia culpá-lo por ser herdeiro do maior concorrente do hospital da minha família.

Admito que a competição entre os hospitais realmente contribuiu para que nos odiássemos. Mas a principal responsável para tanta rivalidade, raiva e mágoa tem nome e sobrenome: Maria Virgínia Moraes, estudante de psicologia.

Até os nossos dezoito anos, no primeiro semestre como estudantes de medicina da USP — quando essa garota infernal reapareceu na minha vida — Alexander e eu éramos muito unidos. E Maddie, que estudava conosco, não ficava de fora. Nós três formávamos um trio inseparável.

Mas Alexander e eu...

Nunca ouvi falar de uma amizade como a que tínhamos. Poder chamá-lo de meu melhor amigo era um sonho. A nossa amizade já era um verdadeiro sonho. O nosso grupo era muito unido. Mas tinha algo entre nós dois que até hoje eu nunca soube dizer bem o que era.

Na época em que nós nos aproximamos mais — perto do vestibular —, eu estava passando por um momento difícil. Estava enfrentando várias crises e conflitos internos. Era quase impossível ver a luz no fim do túnel.

E, então, *ele* ficou mais presente do que nunca na minha vida. *Ele* foi como... Foi como uma salvação para mim. Foi como se eu estivesse me afogando no mar e, de repente, Alexander fosse o ar.

Construímos uma amizade indestrutível. Ou ao menos era o que eu acreditava.

Tudo mudou para mim. Ter ele ao meu lado mudava, significativamente, a minha vida. As coisas ficavam mais vivas, as piores piadas se tornavam as mais engraçadas, as provas não eram mais um pesadelo. Tudo tinha mais intensidade. Era possível ver de longe o carinho, o humor, a alegria, a lealdade, a confiança, a cumplicidade, a intimidade, o amor que nos envolvia. Amor tão intenso que acabou me contagiando.

Eu estava, acidentalmente, apaixonada por Alexander, meu melhor amigo.

No final de uma aula, ele chamou Maddie e eu para uma conversa. De acordo com o que dizia, precisava de ajuda em algo. E foi aí que ele soltou a bomba em nossas cabeças.

Ele e Virgínia estavam namorando. E ele queria que nós o ajudássemos a organizar um encontro perfeito para os dois. Fiquei louca. LOUCA! INSANA! FORA DE MIM!

Maria Virgínia havia sido nossa colega de sala durante o ensino médio e sempre me tratara como se eu fosse um lixo. E, a cada vez que *ele* preferia estar com ela a estar comigo, eu me sentia ainda pior.

Meus amigos — isso incluía todo o nosso grupo com exceção de Alexander, é claro — já haviam percebido que a garota era o maior pé no saco. Sem falar que não tinha o menor respeito por si mesma. Digo isso porque, ao menos na minha opinião, alguém que beija todos os seres vivos do sexo oposto não demonstra muito amor próprio.

A minha primeira reação foi, ao sentir minha mão já coçando de vontade, estalar um tapa no rosto dele. E, depois, lutando contra a voz embargada e as lágrimas, juntei meu material para, então, correr para bem longe de Alexander.

Tentamos avisá-lo de que Maria Virgínia não era boa pessoa inúmeras vezes. E quem disse que ele deu ouvidos?

Aos poucos, meu coração extremamente machucado me fez recuar. A mágoa que senti fechou minhas portas. Construí muralhas ao meu redor. E jurei para mim mesma que jamais iria derrubá-las.

Ele era meu melhor amigo. E, mesmo sabendo que estaria me magoando profundamente e desapontando a irmã, Alexander resolveu não se importar mais. E, a partir daquele momento, deu as costas para nós.

Aquela intensidade de sentimentos foi mais do que eu podia suportar. Eu não era a mesma. Eu me protegi, do jeito que sabia, do jeito que podia. E aquela era a minha mais nova versão de mim.

∞

Ao chegarmos da casa de Jô, pouco mais de meia-noite, tomei um banho rápido e deitei para dormir. Mas não por muito tempo. Pois, duas horas depois de ter me entregado ao sono, acordei com o som do meu telefone que não parava de tocar. Olhei para os lados, confusa, achando que tinha passado da minha hora de acordar. Peguei o celular e vi o nome de quem me ligava na tela: **ALEXANDER.**

Muito relutante, destravei o celular e atendi sua chamada.

— Espero que você tenha um bom motivo para me acordar no meio da madrugada!

Alexander tentava pronunciar as palavras, mas não conseguia, pois chorava do outro lado da linha. Comecei a ficar desesperada.

— Alexander? Me diz logo o que aconteceu! Por favor!

— So-Sophie... Preciso que você venha até a casa do Tio Haroldo agora.

— Por quê? O que aconteceu com meu padrinho?

— Só não demora, Sophie. Por favor. Preciso de você aqui.

Aquela confissão fez meu coração se apertar no peito.

— Daqui a trinta minutos eu estou aí. Só respira, ok?

Troquei meu pijama por um vestido e saí de casa quase voando.

Meus pensamentos estavam a mil por hora. Uma angústia se apossou de mim, um sentimento de que algo estava errado, de que algo terrível estava vindo.

Só uma tragédia explicaria o fato de Alexander me ligar aos prantos às três horas da manhã.

Quando cheguei ao casarão do meu padrinho, abri o portão com o pequeno controle e estacionei o carro na minha vaga na garagem.

Entrei na mansão e vi que meus pais, o advogado da família, Ana e Tiago, Maddie — que havia deixado seu plantão bem mais cedo do que o esperado — e Alexander estavam reunidos na sala. Todos com expressões abatidas e rostos cobertos por lágrimas.

Meus olhos começaram a marejar. Andei até eles e minha mãe correu para me abraçar. Apertei meus braços ao redor dela e senti seu beijo carinhoso em minha cabeça. Como se quisesse me dar forças. Porque, depois da notícia que recebi, era exatamente disso que eu precisava.

Quando alguém morre, precisamos ficar mais unidos do que nunca. No final, um pouco de força — e até mesmo força em excesso — nunca é demais. Mas não foi suficiente para manter meus joelhos longe do chão. Ao ouvir as palavras de Alberto, advogado dos meus pais desde sempre, não consegui me manter de pé.

A dor foi maior do que tudo. Era intensa. Devastadora. Destruidora. Foi mais do que pude aguentar.

E o pior de tudo, era saber que aquilo tudo era verdade.

Tio Haroldo, meu padrinho, já não estava mais ali.

Capítulo 04

When the pain cuts you deep
When the night keeps
you from sleeping
Just look and you will see
That I will be your remedy
When the world
seems so cruel
And your heart makes you feel
like a fool
I promise you will see
That I will be, I will be
your remedy

Quando a dor te cortar no fundo
Quando a noite não
te deixar dormir
Apenas olhe e você vai ver
Que eu vou ser o seu remédio
Quando o mundo
parecer cruel
E seu coração fizer você se
sentir como um bobo
Eu prometo, você vai ver
Que eu vou ser
o seu remédio

Adele, "Remedy"

QUANDO EU ERA PEQUENA, costumava adorar as histórias que meu padrinho me contava. Contos de fadas. Princesas, príncipes, carruagens, castelos, fadas madrinhas, cavalos brancos, magia... Um amor verdadeiro.

Que pena... Passei a infância inteira acreditando em uma mentira.

A verdade é que a vida não é uma história de ficção. A vida só acontece. De jeitos inesperados e estranhos. Algumas vezes, até mesmo ruins. Sem finais felizes.

Depois de muita insistência por parte de Maddie, caí no sono e meu coração doeu quando a imagem sorridente do Tio Haroldo invadiu os meus sonhos.

Eu não queria e não estava pronta para ver o mundo sem ele.

Tentei ajudar no que podia, mas não conseguia parar de chorar. E, no momento em que quase caí da escada por estar fraca, fui obrigada a me deitar em um dos quartos da casa.

Minha mãe, meu pai, Tiago e Ana iriam resolver, juntamente de Alberto, todos os detalhes. Alexander pediu que Maddie ficasse com eles, já que eu não tinha condições de fazer nada.

Ele se deitou ao meu lado. Disse que não ousaria sair de perto de mim. E, então, com a cabeça encostada em seu peitoral, ouvindo as batidas aceleradas de seu coração, eu adormeci.

Meu sono foi arruinado várias vezes por pesadelos que me devastaram. Mas Alexander e seus carinhos me mantiveram sã.

Continuei tendo pesadelos, até que ele cantou para mim, como se eu fosse uma criança assustada, como se ele quisesse espantar meus medos, como se ele quisesse me proteger de tudo o que me afligia.

E, finalmente, tive um pouco de paz.

∞

Uma semana depois da morte do meu padrinho, nós estávamos novamente em sua casa. A missa de sétimo dia havia acontecido algumas horas antes, e a leitura do testamento seria na manhã seguinte.

Ainda em sinal de luto, dormimos no casarão, apenas esperando para ouvir os últimos desejos do tio Haroldo.

Pela manhã, meus olhos começaram a se abrir lentamente quando senti um afago em meu rosto e uma voz me chamar. Um dos braços de Alexander envolvia minha cintura, mas ele ainda dormia. Não me surpreendi ao constatar que ele passou a maior parte da madrugada acordado, lutando contra meus pesadelos ao meu lado.

Maddie estava com uma aparência cansada, mas, teimosa como era, se manteria de pé por nós.

— Como você está? — perguntou e me estendeu uma xícara de café.

— Não sei como responder isso. Dói demais.

Isso foi tudo que consegui responder. Sentei-me na cama, com cuidado para não acordar o moreno ao meu lado, e esfreguei os olhos. Peguei a xícara e dei um gole. Eu estava de volta à minha realidade.

Maddie sentou-se ao meu lado e deu um leve aperto na minha mão.

— E nossos pais, Mad? — questionei em voz baixa.

— Dormiram um pouco, mas já estão de pé outra vez. Quiseram esperar você e Alexander para anunciar o que está escrito no testamento— respondeu ela, também aos sussurros.

Quando meu café havia acabado, Maddie recolheu minha xícara e avisou que estava descendo. Nossos pais queriam saber se Alexander e eu já estávamos acordados.

Minha amiga deixou o quarto e Alexander se mexeu na cama, puxando meu corpo para seus braços novamente. Passando a mão em sua cabeça várias vezes, consegui acordá-lo quando chamei seu nome repetidamente.

— Me diz que tudo o que estamos vivendo é apenas um pesadelo bem real. Por favor! — Essa foi a primeira coisa que ele disse ao acordar, ainda de olhos fechados.

Acariciando seu rosto delicadamente, respondi lutando contra as lágrimas:

— Eu também queria que fosse apenas um pesadelo. Mas não posso mentir...

Ele abriu os olhos e ergueu o canto dos lábios, ensaiando um minúsculo sorriso ao me ver.

— Estamos juntos nessa? — perguntou Alexander.

— Sempre — sussurrei, beijando sua bochecha.

Depois de fazermos nossa higiene, fomos até a sala e encontramos todos sentados à mesa de jantar.

— Que bom que estão de pé. Estávamos esperando vocês. Alberto vai nos comunicar o que está escrito no testamento de Haroldo — comentou Ana quando nos sentamos lado a lado.

Alberto pigarreou antes de falar:

— Bem... Haroldo deixou algumas cartas. Creio que mencionou o que cada um herdaria nelas.

Ele abriu sua pasta e tirou de dentro vários envelopes — que julguei serem as cartas —, mas não fez menção de entregar nenhum.

— Todavia, no próprio testamento, ele afirma deixar as suas ações no Hospital Leal d'Ávilla para a afilhada, Sophie. E disse o mesmo em relação a Alexander, que receberá sua parte no Hospital Pediátrico Dantas Ferraz — prosseguiu o advogado. Os óculos estavam acomodados na ponta do grande nariz e o testamento estava em suas mãos. — Mas ele impôs duas condições para a liberação dos seus bens para os respectivos destinatários. A primeira condição imposta é a fusão dos hospitais.

Ele fez uma pequena pausa, os olhos atentos a cada um de nossos movimentos. Previ que uma bomba ainda maior estava prestes a cair em nossas cabeças naquele momento.

3... 2...1...

— A segunda condição é o casamento dos seus afilhados, Sophie Leal d'Ávilla e Alexander Dantas Ferraz.

E meu sonhado — ou melhor, inexistente — conto de fadas se despediu de mim simples assim.

Capítulo 05

Just a kiss
on your lips in the moonlight
Just a touch in the fire
burning so bright
And I don't want to
mess this thing up
I don't want to
push too far
Just a shot in the dark
that you just might
Be the one I've been
waiting for my whole life

Apenas um beijo
nos seus lábios sob o luar
Apenas um toque no fogo
queimando tão ardente
E eu não quero
estragar isso
Não quero forçar
a barra demais
Apenas um tiro no escuro
e você pode talvez
Ser aquele que tenho
esperado a vida toda

Lady Antebellum, "Just a Kiss"

DESDE AQUELA FATÍDICA NOITE, a chuva não deu trégua. O céu estava escuro, e meus pensamentos estavam mais ou menos assim também. Eu estava confusa, não sabia bem o que fazer ou o que dizer.

Foram necessários milhões de motivos e ainda mais explicações para que Alexander e eu tomássemos uma decisão. Sim ou não.

Sim. Um lado meu dizia "sim". Não era justo que nenhum de nós recebesse sua herança por causa da minha recusa em me casar. E eu também não podia negar que queria receber o legado que meu padrinho confiara a mim.

Não. Mas também havia o lado que dizia "não". O lado que negava até os confins do mundo. O lado da dúvida. Eu não sabia se valia a pena. Não sabia se valia a pena me machucar tanto para algo assim. Vale a pena arriscar ser infeliz para ter algo tão desejado em troca?

Mesmo sendo de fachada, era um casamento. E não um simples casamento, mas sim o casamento dos filhos de duas famílias da elite de São Paulo, Sophie Leal d'Ávilla e Alexander Dantas Ferraz.

Era o *meu* casamento.

A união de duas pessoas como uma só. Era um sonho adormecido meu. Um sonho que há muito tempo não me dava nem "oi".

Fiquei, sem dúvida alguma, indignada com o absurdo que Tio Haroldo colocara naquele pedaço de papel. As palavras escritas ali representavam tanta asneira que mal pude acreditar nelas. Pareciam de mentira.

Mas eu havia visto. Aquela assinatura era, definitivamente, do meu padrinho. Não havia como contestar.

Avaliando cautelosamente a situação em que nós nos encontrávamos, tomei uma decisão.

Alexander ficou incrédulo. Estava nervoso. Era possível ver a fumaça saindo de sua cabeça. Mas ele não parecia com raiva. Aparentava, na realidade, estar chateado. Mas, após conversar com sua mãe, ele concordou em se meter na confusão.

Os únicos que poderiam saber o verdadeiro motivo para um casamento tão repentino eram nossos melhores amigos — porque iam desconfiar muito caso aparecêssemos noivos tão de repente — e minha irmã mais velha, Elena, uma cardiologista que trabalhava em um grande e incrível hospital do sul do país.

Ao chegar no meu apartamento, tudo o que consegui fazer foi tomar um banho demorado antes de me jogar na cama e chorar. Porque, afinal, não havia mais nada que eu pudesse fazer. Meu padrinho estava morto. E eu já havia concordado com a loucura toda.

Quando certas decisões são tomadas, não tem mais jeito de voltar atrás.

∞

Acordei com os latidos de Seringa, minha Shih Tzu. Annie e Phin haviam me presenteado com a cachorrinha no meu aniversário de vinte e cinco anos, no ano anterior. Ela era minha bebê.

— O que foi, filha?

Olhei para os lados, confusa, à procura de meu celular para ver que horas eram. Surpreendentemente, deparei-me com as cortinas do meu quarto abertas e uma Maddie nada feliz na frente da minha cama.

Já haviam se passado dois meses desde o que pareceu ser a pior noite da minha vida. A fusão dos hospitais já tinha se iniciado, bem como os preparativos para a festa de noivado. No hospital, eu não sabia dizer qual dos dois assuntos era o mais comentado, a fusão ou meu noivado — o que gerou alguns problemas, já que eu ainda não havia dado fim no meu futuro ex-namoro.

— O que eu fiz dessa vez? — perguntei, sabendo que levaria a maior bronca.

— Você simplesmente não lavou a louça de ontem e deixou tudo para mim! Não tinha nenhum copo limpo! — reclamou ela com uma expressão séria.

— Que horas são, amiga? — Mudei de assunto rapidamente enquanto ia ao banheiro escovar os dentes.

— Já está na hora do almoço. Você dormiu bastante! — respondeu ela, observando meus passos. Um tempo depois, saí do banheiro e segui em direção à porta do quarto.

— ESPERE! Não acha melhor trocar de roupa? Sei lá... Tirar esse pijama ligeiramente curto e sensual? — sugeriu Maddie quando me viu abrindo a porta.

Confusa, perguntei à minha amiga por que estava agindo daquele jeito. Ela se embolou nas palavras e, nesse tempo, saí do cômodo, ignorando suas tentativas de me dizer alguma coisa.

— AH, MEU DEUS! — berrei no momento em que o vi. Alexander estava sentado no tapete felpudo do chão da sala com milhões de papéis ao seu redor. Seus olhos viajaram dos papéis — provavelmente prontuários — e pousaram no decote da minha blusa.

Ao perceber o que estava fazendo, ele rapidamente desviou o olhar de volta aos papéis e murmurou:

— Bom dia, Sophie.

Ergui as sobrancelhas, divertindo-me com a situação, e cruzei os braços abaixo dos seios, fazendo que eles aumentassem generosamente.

— Bom dia, Alexander. Posso saber o que faz no meu apartamento? — perguntei, desafiando-o, internamente, a olhar para mim. E eu consegui.

— E-e-eu... Maddie e eu... O paciente... — balbuciou ele.

Concluí que ele e a irmã estavam trabalhando juntos no caso do mesmo paciente antes de cair na gargalhada e me dirigir à cozinha para preparar uma xícara de café.

— Se quiser café, tem bastante aqui! Fiz há pouco tempo — avisou Maddie, vindo ao meu encontro. Carregava uma caneca cheia do líquido preto fumegante e a entregou para mim.

Dei um pequeno gole, com cuidado para não queimar a língua. Maddie fazia o melhor café de todos.

Minha amiga pediu que eu saísse da cozinha, pois queria terminar de preparar nosso almoço. De acordo com ela, eu atrapalhava mais do que um palhaço e sempre ficava querendo puxar papo.

Sem me importar com a presença de Alexander ou com meu pijama curto, voltei para a sala, onde me sentei ao lado da figura de cabelos castanhos e porte atlético, que não mexia nenhum músculo, concentrado demais no que fazia.

Deitei-me no chão, jogando meus pés em seu colo. Em consequência, acabei assustando-o um pouco. Ele me olhou sem entender.

— Que tal uma massagem? Passei horas presa no centro cirúrgico ontem... — pedi, fazendo a expressão mais inocente que poderia existir.

— O que ganho em troca? — retrucou, encontrando meu olhar.

— A minha eterna gratidão — respondi, mas, ao ver a careta que se formou em seu rosto, logo tratei de acrescentar: — Além da minha ajuda para achar um plano de tratamento que sirva nesse caso.

Ele ficou pensativo por alguns segundos, mas logo já estava massageando meu pé direito.

— Meu Deus... Vou comprar você da sua irmã e te transformar no meu escravo particular — afirmei, fechando os olhos e relaxando.

A poeira entre nós havia abaixado depois da morte do nosso padrinho. Éramos os únicos que entendiam um ao outro. A dor era parecida.

Alexander e eu estávamos em constante queda livre desde aquela noite. Mas era como se a gente sempre soubesse a hora de segurar um ao outro no colo.

— Você é, definitivamente, uma louca. — Ouvi Maddie dizer. Abri os olhos e virei a cabeça na direção dela. — Tenho duas coisas a falar. A primeira é que o almoço já está pronto. E a segunda é que não vou vender o *meu* escravo particular! E você já tem o Phin.

— O Phin não presta, não sabe fazer massagem e fica me enchendo a paciência com aquele apelido ridículo — reclamei enquanto Alexander puxava minhas mãos, colocando-me de pé.

Ninguém nesse mundo sabia o quanto eu era apaixonada por salmão. Minha amiga sabia cozinhar como uma verdadeira *chef*. E o melhor de tudo: ela gostava de preparar nossas refeições em fins de semanas. Já eu, nem tanto.

Normalmente, dona Creusa, a senhora que fazia faxina três vezes por semana, preparava almoço e jantar para nós. Era um doce de pessoa. E, sem ela, nosso apartamento já teria se tornado um verdadeiro chiqueiro. Com a correria das nossas rotinas, acabávamos sem tempo para quase nada.

Já sentados durante o almoço, Maddie fez uma pergunta importante, que eu mesma já vinha me fazendo há algum tempo. Ela pareceu pensar, como se estivesse escolhendo as palavras certas.

— Sophie, e o Roberto? — questionou, acrescentando em seguida: — Logo a notícia do noivado vai se espalhar ainda mais e você ainda não fez nada em relação a ele. Não sei nem como aquela anta ainda não descobriu.

Eu já havia tomado uma decisão em relação a Roberto. Adiei essa decisão por meses, mas havia chegado a hora de dar fim ao nosso relacionamento.

— Vou à casa dele hoje à noite. Já está mais do que na hora de terminar esse namoro — respondi enquanto me servia de suco.

— FINALMENTE! Já tinha até passado da hora de você se livrar daquela bactéria! Não sei nem por que começou a namorar aquele cara. Você merece coisa melhor e... — praguejava Alexander, xingando meu futuro-ex-namorado de todos os nomes nada educados que conhecia.

Você merece coisa melhor. Você merece coisa melhor. Você merece coisa melhor. Sua fala se manteve insistente, martelando em minha cabeça sem parar. Ninguém nunca havia me dito isso além de Alexander.

Ainda me lembrava muito bem de quando o garoto mais cobiçado e desejado, e, devo adicionar, o mais canalha do Ensino Fundamental tinha planejado ser o dono do meu primeiro beijo.

Alexander virou um verdadeiro guarda-costas. Andava comigo para cima e para baixo. Acompanhava-me até mesmo nas minhas idas ao banheiro durante os intervalos. Ele queria ter a total certeza de que haveria uma distância segura entre mim e Conrado.

Alguém como você merece um primeiro beijo de verdade. Com qualquer sentimento que seja. Você merece coisa melhor. Foram essas palavras que Alexander usou antes de me beijar pela primeira vez, muitos anos atrás.

Estávamos na casa de praia do nosso padrinho com o resto do grupo. E, de repente, estávamos sozinhos. Só nós dois. Na beira do mar, assistindo ao espetáculo que era o pôr do sol no final da tarde.

Sua boca era macia. E tão extremamente, exageradamente, boa de beijar... Eu estava nervosa, mas suas mãos na minha cintura me deram segurança. Afinal, eu me sentia segura com Alexander.

E foi ali, anos atrás, naquele lugar, naquela hora, naquele pôr do sol, beijando aqueles lábios, que eu soube o porquê do meu coração estar sempre acelerado quando eu estava com ele. O porquê de tantas perguntas em relação a Alexander. Mas eu não me deixei levar. Afinal, um beijo pode ser capaz de bagunçar tudo.

Capítulo 06

'Cause when I'm with him	Porque quando eu estou com ele
I am thinking of you	Eu estou pensando em você
Thinking of you	Pensando em você
What you would do if	O que você faria se
You were the one	Você fosse aquele
Who was spending the night	Que estava passando a noite
Oh I wish that I	Oh, eu desejei
Was looking into your eyes	Estar olhando em seus olhos

Katy Perry, "Thinking Of You"

Depois do almoço e da briga para decidir quem lavaria a louça, nós voltamos a nos sentar no tapete. Os gêmeos me deixaram por dentro do caso que tentavam solucionar incansavelmente.

Peguei a lousa que usamos para estudar, além dos pincéis para escrever nela, canetas coloridas, lápis e muitos *post-its*. Passamos a tarde toda dedicados a encontrar um plano de tratamento. Foi difícil, mas não desistimos nem por um segundo.

Já de noite, quase nove horas, Gabriel apareceu, e resolvi que o momento de ir à casa de Roberto havia chegado. Não tinha mais motivos para adiar. Nosso relacionamento estava com os dias contados mesmo...

Tirei o pijama e, depois de tomar um banho, escolhi uma roupa mais decente para sair de casa. Coloquei uma fina camada de maquiagem e peguei a bolsa.

Prestes a sair do apartamento, as chaves do carro já em minhas mãos, senti minha cintura ser enlaçada e, quando reconheci aquele perfume, já sabia quem era.

Pegando as chaves do meu carro que estavam comigo, Alexander me soltou e disse:

— Não quero que vá sozinha. Então... Vou ser o seu motorista por uma noite!

Então saiu do apartamento, carregando-me pela mão.

— Eu posso muito bem dirigir sozinha — afirmei, pressionando o botão do elevador.

— Sei disso! Não duvido nem um pouco das suas habilidades no trânsito — respondeu ele, fixando seu olhar no meu.

Revirei os olhos e bufei, deixando, acidentalmente, um sorriso de canto de boca escapar. Vi-o fazendo o mesmo antes de as portas do elevador se abrirem e nós descermos no andar da garagem.

Entramos no meu carro. Alexander à frente da direção e eu no banco do passageiro, ao seu lado. Ele logo tratou de ligar o carro e iniciar o nosso percurso até o apartamento de Roberto.

O silêncio entre nós não me incomodava. Mas, depois de um tempo, passei a ficar agoniada com a nossa falta de palavras. Percebendo meu desconforto, ele começou a falar:

— Você nunca gostou do Roberto. Quer dizer... É óbvio que gostou dele, se não nunca teria começado a namorá-lo. Mas nunca teve um sentimento muito profundo.

As palavras de Alexander ficaram presas em minha mente. Aquilo não era uma pergunta, era uma afirmação, e ele não podia estar mais correto.

Roberto nunca ocupou meus pensamentos. Estar com ele até que era bom. Mas ele nunca me deixava sem fôlego, com o coração acelerado, ou sorrindo pelos cantos.

Sempre que estávamos juntos, eu pensava como seria se ele fosse outra pessoa. Uma pessoa capaz de fazer com que eu sentisse todas as emoções que alguém apaixonado deveria sentir. Era impossível não comparar todos os beijos de Roberto com aquele único beijo que Alexander roubou mais de dez anos atrás. Aquele beijo que eu nunca havia conseguido apagar. Aquele beijo que me fazia ter raiva de mim mesma por ter sido tão tola.

Mas era inevitável.

Passamos tanto tempo calados que nem percebi o carro se aproximar do edifício que Roberto morava. Alexander parou o veículo e, após suspirar, segurou meu rosto entre suas mãos.

— Não se arrependa de estar dando um fim nisso. Sei o quanto ele não te faz feliz. E você também está ciente disso. Entre de cabeça erguida e acabe com essa história. Estarei aqui quando voltar. Certo? — aconselhou, acariciando minha bochecha com a mão. Assenti com a cabeça e peguei apenas meu celular.

Antes de sair do carro, respondi à pergunta apenas com um olhar. Um olhar que dizia que ele estivera certo esse tempo todo.

Ele afastou uma mecha de cabelo que insistia em cair nos meus olhos e beijou minha têmpora.

— Não vou sair para canto nenhum. Vou ficar esperando.

E foram as últimas palavras que escutei antes de me dirigir à portaria do prédio.

O porteiro não perguntou meu nome nem fez menção de avisar a Roberto que eu estava subindo, afinal, sabia quem eu era.

Saí do elevador no décimo andar e caminhei até a porta do apartamento dele. Estava levemente entreaberta. Empurrei-a e não encontrei nada além de um apartamento escuro e vazio.

Adentrei e vi um resquício de luz vindo do quarto de Roberto. E me perguntei por que a vi...

Era possível ouvir uma voz feminina seguida da voz dele. Quando abri a porta, meus olhos viram o que meu coração não queria. Vestido apenas com uma calça jeans, Roberto beijava, fervorosamente, alguém.

A cabeleira loira me dava uma impressão de já ter visto aquela vagabunda antes. E o pior é que já tinha mesmo. Depois de dar um berro, pedindo uma explicação, avistei o rosto dela.

Entre todos os seres do sexo feminino no mundo, a mulher com quem meu namorado me traía *precisava* ser Maria Virgínia — alguém que, infelizmente, nunca desapareceu da minha vida.

— Sophie? Eu juro que não tem nada acontecendo entre a gente! — Roberto tentava, inutilmente, se explicar.

— Cale a boca, seu idiota! Fale logo a verdade para essa imbecil! — reclamou a vagabunda, jogando-se sobre a cama.

— Meu amor, eu juro que... — começou ele outra vez, mas eu o interrompi com mais gritos.

— NÃO DIGA MAIS NEM UMA PALAVRA A MIM! NÃO IMPORTA O QUE ACONTECEU OU O QUE ACONTECIA! VIM AQUI PARA DAR UM FIM NESSA PALHAÇADA QUE OUSEI CHAMAR DE NAMORO!

Com lágrimas nos olhos, dirigi-me até a porta do apartamento e ouvi seus passos apressados atrás de mim.

— Sophie... Me escute! — implorou.

Já dentro do elevador, antes de ver as portas se fechando, eu apenas disse:

— Adeus, Roberto. Não quero mais saber de você ou ouvir o seu nome. Acabou aqui! Para sempre.

∞

Entrei no carro e me mantive calada. Caso me atrevesse a falar, não ia conseguir conter as lágrimas.

Por mais que o término fosse acontecer de um jeito ou de outro, o sentimento de repulsa ao pensar que ele vinha me traindo havia algum tempo me arrasava.

— Podemos ir para o seu apartamento? — perguntei com a voz embargada. Engoli o choro e esperei sua resposta.

— Claro! Acho que Maddie deixou algum pijama por lá — respondeu, segurando minha mão.

O caminho foi preenchido por minhas leves fungadas. O trânsito estava consideravelmente bom. Não havia muitos mais carros do que o normal na rua. Não demoramos mais do que quinze minutos para chegar à porta do apartamento de Alexander.

Ele tirou uma chave do bolso e, depois de abrir a porta, deu espaço para que eu passasse.

O apartamento era parecido com o meu, mas tinha um toque masculino e exalava o cheiro de Alexander. Apesar de ele dividir o apartamento com Gabriel, o cheiro era apenas dele.

Fechando a porta atrás de nós, ele pegou minha cintura e nos guiou até a varanda. Sentou-se no pequeno sofá e me pôs em seu colo. Deitei a cabeça na curva de seu pescoço, agarrando-o com os braços. As lágrimas, traiçoeiras, não paravam de escorrer. Meu choro era praticamente inaudível.

Alexander me apertou em seus braços e se encostou, deitando-me em seu peitoral.

— Por que está assim, Sophie? — sussurrou ele em meu ouvido. Tentei dizer alguma coisa, mas não consegui. Ia doer demais. — Tudo bem... Não precisa dizer nada agora — tranquilizou-me ele enquanto afagava meus cabelos.

Depois de um tempo, contei o que havia acontecido. Ele exibia uma expressão furiosa, mas, vendo que meu choro não havia cessado, Alexander respirou fundo e acariciou minhas costas repetidas vezes.

— Isso te machucava, é verdade. Você não estava sendo feliz com ele. Mas se livrar de um machucado dói ainda mais— disse ele, acomodando-me melhor em seu colo. — O coração vai sangrar um pouco agora. E daí? Nós somos médicos. Sempre sabemos como estancar um sangramento.

E, mais uma vez, estar nos braços de Alexander me pareceu a coisa mais certa do mundo. Talvez porque depois de tanto tempo, eu finalmente descobri que era ele quem ocupava os meus pensamentos sempre que eu estava com Roberto. Ou talvez porque simplesmente estar ali mais uma vez fosse o certo.

Capítulo 07

'Cause all of me
Loves all of you
Love your curves
and all your edges
All your perfect
imperfections
Give your all to me
I'll give my all to you
You're my end
and my beginning
Even when I lose
I'm winning
'Cause I give you
all of me
And you give me all of you

Porque tudo em mim
Ama tudo em você
Ama suas curvas
e seus limites
Todas as suas perfeitas
imperfeições
Me dê o seu tudo
Eu vou dar meu tudo a você
Você é o meu fim
e meu começo
Até mesmo quando perco
estou ganhando
Porque eu dou a você
tudo de mim
E você me dá tudo de você

John Legend, "All Of Me"

— As roupas são incríveis, Jô — comentei enquanto entrávamos no carro. Não era a primeira vez que Maddie, Annie e eu víamos nossos conjuntos de madrinhas. Uma blusa de renda branca curtinha e uma saia longa na cor lilás. Jô queria inovar quanto à tradição dos vestidos. Queria inovar a tradição do vestido branco de noiva também. Mas foi convencida do contrário por sua mãe.

Então... Resolveu que suas madrinhas estariam vestidas de modo diferente.

O caminho até a casa de Bruno, em Campos do Jordão, demorou em torno de duas horas. A cerimônia de casamento deles seria lá. Ao ar livre, durante a tarde de domingo, apenas para as famílias dos noivos e amigos mais próximos. Os pais de Jô e Bruno só chegariam no dia do casamento, para a preparação do local.

Quando chegamos, fomos recepcionados por uma leve brisa fria daquela noite de sábado. Bruno, Alexander, Phin e Gabriel apareceram logo em seguida para nos ajudar com as pequenas malas.

Depois de nos acomodarmos e jantarmos, Annie e Phin se recolheram primeiro por conta do bebê; Maddie e Gabriel ficaram na sala; Jô e Bruno foram até a adega — provavelmente comemorar, com um bom vinho, a vida que iniciariam juntos em menos de dois dias; e eu não fazia ideia de onde estava Alexander.

Querendo colocar os pensamentos em ordem, resolvi ir até o jardim. Sentei-me na grama e ergui a cabeça, encontrando aquele conjunto infinito de estrelas.

Viajei longe. Até um universo no qual minha vida aconteceria do jeito que eu sempre havia imaginado. Era uma vida boa. Mas não sei se era ideal para mim. Não sei se eu seria feliz sem a adrenalina das surpresas.

Por mais que eu não suporte coisas novas, nem surpresas — acho que foi por isso que nunca fizeram uma festa surpresa pra mim — e nem viver sem saber o que vai acontecer depois, a sensação de descoberta é incrível.

Escutei passos atrás de mim, mas não ousei me mover. O céu estava lindo demais para que eu desviasse minha atenção para qualquer outra coisa.

O dono dos passos se sentou ao meu lado, e eu soube quem era no momento em que senti aquele cheiro maravilhoso.

Alexander nos cobriu com um cobertor macio e passou seus braços ao redor de mim. Inconsequentemente, subi em seu colo e encostei minha cabeça no lugar que parecia ter sido feito para ela: o ombro dele.

Nossos corpos se encaixavam de maneira tão perfeita às vezes... Eu imaginava como seria se ele não tivesse começado a namorar Maria Virgínia tanto tempo atrás.

Talvez eu tivesse contado a ele sobre os meus sentimentos. Talvez ele teria correspondido. Talvez nós teríamos começado a namorar. Talvez nós nos amássemos.

Tantas hipóteses. Tanta dúvida. Mas havia algo que não me deixava mergulhar na incerteza.

— Em alguns meses seremos nós dois — sussurrou Alexander, puxando-me para mais perto de si e descansando a cabeça sobre a minha.

E eu tinha certeza de que ele se referia ao nosso casamento.

— Acho que sim... — murmurei em resposta, sem saber o que dizer.

Descobri, algum tempo atrás, como os meus sentimentos estavam funcionando em relação ao meu casamento tão inesperado. Era algo temporário, então não estava me incomodando em demasia.

O problema maior não era o fato de eu estar sendo, indiretamente, forçada a me casar. Definitivamente não era isso. Afinal, a escolha de aceitar ou não coubera apenas a mim e, uma parte, a Alexander.

O problema era que existia uma coisa. Uma coisa que me assombrava, me assustava e não largava meus pensamentos desde a leitura do testamento de Tio Haroldo.

Eu estava sendo assombrada por sentimentos adormecidos. Sentimentos que, até pouco tempo atrás, eram indiferentes, dormentes.

Acabei descobrindo, acidentalmente e inesperadamente, que uma felicidade imensa se apossava de mim.

Casar-me com Alexander não me parecia mais uma ideia horrenda. Não me parecia mais o pandemônio que eu imaginava que seria.

Na realidade, o pensamento de me ver casada com Alexander vinha misturado de felicidade e adrenalina. De frio na barriga e coração acelerado.

Além do medo. Medo do desconhecido. Das coisas novas. Medo dos começos de tudo.

Todas as sensações que me abarrotavam não eram novas. Muito pelo contrário... Elas eram antigas em demasia.

As sensações que sentia agora eram as mesmas que sentira há muitos anos. Quando meu coração pertencia genuína e completamente a ele.

Não... Não... Não! Só posso estar delirando. Em que universo maluco eu estaria apaixo... NÃO! Isso não é nem uma hipótese!

— Sophie? Sophie? Em que mundo você está?

Alexander precisou me chamar mais algumas vezes até eu sair dos meus devaneios e prestar atenção no que ele dizia.

— Hum... Me desculpe... O que você estava dizendo mesmo? — perguntei e balancei a cabeça como se quisesse afastar os pensamentos.

— Nada de importante. Só sugeri que entrássemos. O vento está começando a soprar com mais força.

Assenti com a cabeça e nós nos levantamos e limpamos a grama que grudara em nossas roupas. Depois de dobrar o cobertor, Alexander enlaçou minha cintura com o braço livre. Um pouco assustada com seu gesto, percorri o caminho de volta ao seu lado.

Quando colocamos os pés no lado de dentro da casa, ele pôs o cobertor dentro de um cesto com vários outros e foi nos guiando até o quarto que iríamos dividir durante o fim de semana.

Mas eu não estava preparada. Não para o que viria depois. Não sei se estava pronta para mais um (re)começo.

Ao abrir a porta do nosso quarto, meus olhos se arregalaram. A visão que eu tinha era linda demais. Perfeita demais para ser verdade.

Velas distribuídas pelo quarto estavam acesas e iluminavam o ambiente de maneira leve. As pétalas de rosas brancas e vermelhas davam um aroma delicioso, quase que espalhando romance em todo o oxigênio presente. E as fotos da nossa adolescência, presas no fio que ligava as pequenas luzes de LED, levaram-me até os dias em que foram tiradas.

Meu coração começou a bater numa rapidez que achei ser impossível atingir. Minhas pernas tremiam levemente, assim como as mãos. E eu senti... Senti as mesmas borboletas no estômago. Aquelas que se agitavam de modo violento quando os sonhos invadiam minha mente e por lá ficavam.

— O que é tudo isso? — Foi tudo o que consegui dizer, a voz trêmula e embargada enquanto as lágrimas brotavam e eu sentia meu rosto esquentar.

Alexander sorriu, encantado com minha reação.

— Eu sei de muitas coisas. Principalmente sobre você. — Fez uma pausa, adentrando o local e me levando com ele. — Sei do seu vício em *Grey's Anatomy*. Sei da sua mania de reiniciar a mesma música quando sua parte favorita acaba e você não prestou atenção. Sei de cada amor platônico que você tem por personagens fictícios. — Interrompi com uma leve risada, que ele retribuiu sorrindo. — Sei do quanto ama ficar acordada até tarde mesmo que precise estar de pé bem cedo no outro dia. Sei que tem personalidade forte e é frágil ao mesmo tempo. Eu sei que seu coração é um dos mais puros e lindos que já vi. Sei o quanto é dedicada e determinada em tudo o que faz. E sei o quanto você é merecedora das coisas mais maravilhosas deste mundo...

Ele colocou a mão no bolso e tirou, em seguida, uma caixinha de veludo na cor preta. *Ah, meu Deus... Estou ficando louca ou tudo é real?*

— Sim, Sophie. Eu também sei que não estamos no nosso melhor momento já tem algum tempo. Na verdade, já tem alguns anos. Também sei que não sou o cara dos seus sonhos ou coisa do tipo. E tenho uma noção muito grande de que o nosso casamento não passa de um acordo. Mas eu conheço você, Sophie... Eu conheço tudo sobre você, cada um dos seus detalhes — continuou Alexander antes de se ajoelhar à minha frente. — Desde a nossa adolescência, sempre te ouvi dizendo como sonhava ser pedida em casamento. Então, eu quis fazer algo especial. Algo que ficasse na sua memória para sempre. Porque você merece tudo isso e mais um mundo de coisas boas. Não quero brigar, Sophie... Quero uma trégua, um recomeço com você. Só assim nós vamos conseguir viver como marido e mulher.

Ele fez uma pausa e continuou:

— Então, para recomeçar do melhor jeito que imaginei, fiz questão de realizar o seu sonho de adolescência. E, agora, eu vou fazer uma pergunta que vai definir tudo. Todo o nosso futuro e toda a nossa nova história. Aceita o meu pedido de paz e casa comigo? Você quer se casar comigo?

Ele abriu a caixinha, revelando duas alianças de prata. Uma menor que a outra. Uma para mim e outra para ele.

— Sim... Sim para as duas coisas.

Sem pensar, joguei-me nos seus braços e, fechando os olhos, eu o beijei. Sua boca ainda era a mesma. Macia e com o encaixe perfeito para a minha.

Enrosquei minhas pernas em sua cintura, tendo meu corpo acomodado nos seus braços logo depois. Suas mãos passeavam por meu corpo delicadamente. Como se ele tentasse me descobrir aos pouquinhos. E eu estava adorando.

Quando o ar nos faltou, encostamos nossas testas uma na outra.

As palavras foram dispensadas. Naquele momento, nada valia mais do que os olhares que trocávamos. Os olhares que diziam tudo. Os olhares responsáveis pela confirmação que eu tanto temia.

Meu coração era dele. Eu era dele. E, pelo que parece, nunca deixei de ser.

Eu estava, mais uma vez, perdidamente apaixonada por Alexander.

Capítulo 08

Hold me like I'm more
than just a friend
Give me a memory
I can use
Take me by the hand
while we do
what lovers do
It matters how this ends
'Cause what if I never
love again?

Me segure como seu eu fosse
mais do que uma amiga
Dê a mim uma memória
que eu possa usar
Me pegue pela mão
Enquanto fazemos o que
amantes fazem
Importa como isso acontece
Porque e se eu nunca mais
amar outra vez?

Adele, "All I Ask"

Seus beijos eram quentes e deliciosos. E foi por causa deles que acordei com um sorriso genuíno.

A noite anterior ainda estava vívida em minha mente. Como um daqueles filmes que, independentemente de quantas vezes assistirmos, sempre vai nos arrancar suspiros e amolecer nosso coração.

— Bom dia, Dra. Ferraz — cumprimentou Alexander quando viu meus olhos abertos.

Ele continuou plantando beijos no meu pescoço. Era estranho imaginar que em alguns meses aquele seria meu novo nome. Arrepiada com o toque dos seus lábios na minha pele, acomodei meu corpo contra o dele, de modo que ficamos mais próximos.

Tentei voltar a dormir, mas não consegui. Meu coração acelerado liberava uma quantidade excessiva de adrenalina. As borboletas no meu estômago se agitavam violentamente. E o toque final para que eu despertasse completamente foi o cheirinho gostoso de café invadindo meu nariz.

— Alex, isso é café? — perguntei, deliciada, abrindo os olhos novamente ao inspirar o aroma que havia se espalhado pelo quarto. Ele ficou calado. Sem saber o que dizer. — O que foi?

Alexander meneou a cabeça e respondeu com um leve sorriso:

— Nada... Eu só ouvi algo que me deixou incrivelmente surpreso.

Foi então que eu me dei conta do que havia feito. Eu o havia chamado de Alex. A última vez em que pronunciei esse apelido tinha sido há mais de dez anos. Quando éramos melhores amigos. Quando éramos dois adolescentes. Pouco tempo antes de me apaixonar por ele pela primeira vez.

— Ah... Certo. Se você achar melhor, eu posso... — Tentei me consertar, realmente envergonhada de minha gafe.

Ele apenas balançou a cabeça, interrompendo-me em seguida:

— Não. Eu gosto. Muito, na verdade. Me lembra de coisas boas que vivi com alguém.

Era mais do que óbvio quem era esse "alguém". Alexander falava de mim. Só eu o chamava assim, por mais inacreditável que pudesse parecer.

— Você não respondeu à minha pergunta! — reclamei em tom de brincadeira, mudando de assunto rapidamente. E ele riu.

— Sim! Respondendo a sua pergunta, isso é café. Mas não qualquer café. É o café da Maddie!

Ele se virou para pegar algo e não consegui descobrir o que era, já que ele tinha 1m84 de altura. Estiquei a cabeça, curiosa como eu era, tentando ver o que ele escondia.

— Seu nariz me entregou... Preparei o melhor café da manhã que você vai ter na vida — anunciou enquanto trazia uma bandeja com todas as minhas frutas favoritas, além de mel e uma xícara fumegante.

Meus olhos se iluminaram e, quando mordi o primeiro morango, soltei um gemido de satisfação. Mas, quando estava prestes a morder outra vez, Alexander se aproximou e fez as honras, deixando apenas um restinho da fruta avermelhada para mim. Apenas revirei os olhos.

— O que foi? Também não comi nada ainda! — explicou-se, fingindo inocência. Dei uma risada rápida e voltamos a comer nosso café da manhã enquanto falávamos do casamento dos nossos amigos.

Alexander se levantou da cama carregando o que sobrou na bandeja, com a intenção de deixá-la na cozinha.

Antes que ele saísse do quarto, eu chamei seu nome. E, movendo os lábios sem produzir som algum, agradeci. Ele sorriu e disse que voltaria em pouco tempo para colocar uma roupa que não fosse um pijama.

Fui em direção à minha pequena mala e tirei uma saia jeans e uma blusa florida. Entrei no banho e, depois, me troquei dentro do próprio banheiro, para evitar o risco de ser vista por Alexander.

Apliquei um pouco de maquiagem, pendurei a toalha molhada no gancho e saí do banheiro. Dei de cara com meu noivo — ainda era estranho pensar nele assim — vestindo apenas uma bermuda, prestes a colocar a camiseta.

Vi um brilho reluzindo em sua mão direita e senti falta de alguma coisa. *Droga! Minha aliança!*

Comecei a procurar o pequeno aro prateado em todos os lugares daquele quarto. Mas não encontrava de jeito nenhum.

— Procurando isso aqui? — Sua voz soou bem ao lado do meu ouvido. E, antes que eu pudesse responder, Alexander deslizou a joia do nosso compromisso no meu dedo anelar da mão direita.

— Onde ela estava? — questionei, intrigada.

— Estava comigo. Você se esqueceu de tirar quando dormiu. Então, achei melhor guardar — respondeu ao mesmo tempo em que entrelaçava nossos dedos.

Descemos as escadas e encontramos todos na sala de estar. Pelo que Alexander havia me contado, as mães de Jô e Bruno já haviam chegado, mas os pais só chegariam pouco antes da cerimônia.

Várias pessoas estavam no jardim, arrumando tudo. Já era possível ter a visão de um pequeno altar e, não muito distante, uma pista de dança.

Cumprimentei meus amigos e suas respectivas mães, sentindo falta de Phin, que não estava ali. Observei minha amiga, notando os grandes círculos sob seus olhos. Provavelmente teve uma noite agitada com Theo. As olheiras de Annie eram profundas e marcadas. Ela estava, sem dúvida alguma, desejando dormir mais do que qualquer coisa.

Ergui as sobrancelhas, questionando Annelise, silenciosamente, onde estava seu marido. Ela entendeu, é claro. E logo falou entre um bocejo e outro:

— Phin está com Theo no nosso quarto. Pode ir lá checar se está tudo bem, amiga?

Assenti com a cabeça e fui até o quarto do casal.

Abrindo a porta devagar, pude ver Philipe com o filho, que resmungava em seu colo. Adentrei o cômodo e perguntei baixinho ao me aproximar:

— Está tudo bem, Phin?

Ele bocejou em resposta e olhou para mim como quem diz: "Isso responde sua pergunta, não?". Revirei os olhos com um sorriso de canto e sentei-me na cama.

— Como foi a noite? — quis saber ele enquanto colocava o bebê em meus braços.

— Dormi bem — respondi, sabendo que não era sobre minha noite de sono que ele perguntava.

— Você sabe que eu não estava perguntando sobre a qualidade do seu sono, Paixão. — Ele riu levemente. Phin me conhecia tão bem que às vezes eu ficava até um pouco assustada.

— Não tenho nada para falar sobre ontem — murmurei, voltando minha atenção ao Theo.

— O brilho nos seus olhos, o sorriso quase quilométrico, a aliança dos seus sonhos justamente nesse dedo e o seu coração estão falando, quero dizer, gritando o contrário — afirmou depois de um tempo em silêncio, analisando-me. Entregou a chupeta azul para mim e eu a coloquei na boca do meu afilhado para, então, começar a dançar com o bebê pelo quarto.

— Vou tentar outra vez. Como foi a sua noite, Paixão? — questionou novamente, deitando-se na cama e se acomodando nos travesseiros. Bufei e comecei a relatar tudo o que havia acontecido.

Phin era como um irmão para mim. Alguém que sempre iria estar pronto para cuidar de mim quando eu precisasse. Um irmão que sempre ameaçaria qualquer pessoa que ousasse me magoar.

— E o mais importante... Como está o seu coração, Sophie? — Fixou os olhos verdes nos meus, dando-me a certeza de que não iria parar de me encarar se eu não respondesse sua pergunta com honestidade.

Suspirei e abri um sorriso, meio que sem querer.

— Minha noite foi perfeita. Foi tudo incrível, Phin. Parecia coisa dos livros que eu leio, ou, quem sabe, dos meus sonhos mais íntimos... E eu era única. A mulher mais especial e importante do mundo. Tive uma certeza enorme. Senti como se aquilo estivesse destinado a acontecer. E... Ah, meu Deus! Alexander foi perfeito — confessei, sem pausas. Caso parasse, não sei se conseguiria voltar a falar.

— Você o ama. Se apaixonou outra vez. — Phin foi direto, não fez pausas e nem enrolou.

— Como pode ter tanta certeza disso? — retruquei, arrumando a posição de Theo em meu colo.

— Paixão, você é minha irmã. Não importa o que você diga. *Sou fluente no idioma Sophie.* Consigo ler todos os seus movimentos e entender até mesmo o que você não fala.

— Eu não queria, Phin! Eu não podia ter me deixado levar. Doeu demais na primeira vez... Mas depois da morte do Tio Haroldo, nós viramos tão confidentes, cúmplices. Acho que arriscaria dizer que estávamos voltando a ser melhores amigos! E o meu coração... — Respirei fundo antes de continuar. — Meu coração resolveu mergulhar em um mar de nostalgia e me fazer sentir tudo o que achei não ser mais capaz de sentir — sussurrei, com medo das minhas próprias palavras. Uma vez ditas, não havia mais arrependimento. Uma vez que tais palavras fossem ditas, tudo já não seria apenas mais um pensamento. Seria realidade.

O bebê, finalmente, caiu no sono. E, com muito cuidado, coloquei-o no berço móvel, levando comigo, antes de sair do quarto, a babá eletrônica. Philipe seguiu meus passos e descemos as escadas.

— Theo dormiu? — Foi a primeira coisa que Annie falou ao nos ver. Nunca vi tamanha expectativa em seus olhos.

— Eu te disse, amor! Colocar a Sophie como madrinha foi nossa melhor decisão. — brincou Phin, sentando-se ao lado da esposa.

— E, para provar que não erraram na decisão de me colocar como padrinho, Sophie e eu vamos passar o dia com nosso afilhado. Nós seremos *pais substitutos* por um dia inteiro — anunciou Alexander, com confiança em suas palavras. Ele olhou para mim com um olhar pidão, como se esperasse minha resposta.

Balancei a cabeça e sorri, deixando minha resposta mais do que óbvia. Meu noivo correu para me abraçar e plantar um beijo demorado na minha bochecha, quase no cantinho da minha boca.

Maddie, Jô e Annie olharam tudo estupefatas. Até ontem, eu reclamava de Alexander vinte e quatro horas por dia. Foi só então que seus olhares baixaram indo ao encontro da minha mão direita, da minha aliança, mais precisamente. O trio arregalou os olhos e logo inventaram uma desculpa qualquer para nós quatro sairmos da sala.

Fomos à varanda, apressadamente, e Maddie me pôs sentada numa rede antes de ocupar o espaço disponível ao meu lado.

— Sophie? Você está bem? Bateu a cabeça? Ficou doente ou coisa do tipo? — Jô me atacou com suas infinitas perguntas. Abri a boca para começar a responder ao questionário, mas fui interrompida por mais um bombardeio de perguntas. — E o que é essa aliança brilhante no seu dedo? E por que Alexander tem o par dela? Até ontem você queria matá-lo! Agora, já estão até adotando o filho alheio! — continuou ela, sem parar.

— Se você me deixasse falar, eu poderia tirar todas as suas dúvidas — falei tão rápido que quase me atropelei nas palavras. Respirei fundo e fui contando o que tinha acontecido na noite anterior, detalhe por detalhe.

Maddie tinha lágrimas nos olhos e abriu um sorriso quando constatou:

— Oh, amiga... Você está apaixonada por ele. Ouso dizer que está amando o meu irmão.

Confirmei sua afirmação com um balançar de cabeça.

— Me apaixonei sem querer. Foi como... Como se eu estivesse caindo no sono. Lentamente, de uma hora pra outra.

Nenhuma delas sabia bem o que dizer. E, para falar a verdade, eu também não saberia.

— Jôse? A equipe do salão acabou de chegar, filha. Já arrumaram tudo no último andar! Você e as meninas precisam acelerar! — berrou tia Lili, mãe de Jô, de dentro da casa. Enxuguei a lágrima discreta que havia fugido do meu olho e, depois de dizer a minhas amigas que eu estava bem, saímos da varanda.

O *dream team,* como eu gostava de chamar, era composto por três maquiadoras e três cabeleireiras. Nossas unhas haviam sido feitas na tarde em que pegamos as roupas de madrinhas.

Cíntia, provavelmente, a líder da equipe, informou-nos que ia começar com as mães dos noivos, Tia Lili e Tia Sol, mãe de Bruno, e uma das madrinhas.

Maddie se ofereceu para ser a primeira e subiu as escadas em direção ao último andar da casa, para o quarto de Jô e Bruno, onde havia uma penteadeira e muito espaço.

Quando eu estava prestes a colocar os pés na escada, um chorinho vindo da babá eletrônica mudou minha rota. Alexander me acompanhou até o quarto de Annelise e Philipe depois de perguntar se poderíamos levar o bebê ao nosso quarto, pois, assim, eles poderiam dormir.

Theo tinha a mão na boca e continuava aos prantos. Tirei-o do berço e logo senti sua cabeça, cheia de fios loiros, acomodando-se na curva do meu ombro.

— Você está com fome, não está, meu amorzinho? — sussurrei baixinho enquanto afagava suas costas. — Tio Alex vai preparar sua mamadeira, está bem? — continuei, virando meu olhar para Alexander.

— Leve o Theo para o nosso quarto. Te encontro lá assim que a mamadeira estiver pronta — disse ele, despedindo-se do nosso afilhado com um beijinho na testa.

Fui ao quarto no qual estávamos hospedados e sentei-me na cama de casal com Theo nos braços. Repousei minhas costas na cabeceira da cama e comecei a balançar o bebê delicadamente. Ele se acalmou um pouco, mas o choro ainda não havia cessado por completo.

Alexander abriu a porta e entrou com uma mamadeira destampada cheia de leite. Suspirei, aliviada.

Sentou-se ao meu lado e colocou o objeto na minha mão estendida. Posicionei Theo no meu colo e pus a mamadeira na sua boquinha rosada. Ele fechou os olhinhos e foi sorvendo o líquido com rapidez.

— Seus filhos serão abençoados, Sophie — afirmou Alexander com um suspiro. Meu coração deu um solavanco. Eu não queria *meus* filhos. Queria poder chamá-los de *nossos* filhos. Pude sentir seu olhar queimando sobre mim.

— E por que diz isso? — perguntei, desviando um pouco da minha atenção para encará-lo.

— Você é uma mãe nata, linda. Tem amor de sobra no coração. Além desse seu jeito com crianças que me encanta — respondeu Alexander, passando o braço sobre os meus ombros.

Por instinto, acomodei-me em seu abraço e ergui os cantinhos da boca em um meio-sorriso ao sentir lábios macios depositando um beijo na minha têmpora.

Theo terminou de mamar e voltou a dormir.

Entreguei o pequeno a Alexander, que pôs nosso afilhado no carrinho de bebê ao lado da cama. Ligamos a babá eletrônica e, depois de pegar meu computador, saímos do quarto, voltando para a sala de estar.

Sentei-me numa poltrona e abri meu *e-mail.* A designer que estava produzindo meu vestido e o terno de Alexander para nossa festa de noivado, Giovanna — ou Gigi, como ela gosta de ser chamada —, havia preparado alguns modelos para mim, de acordo com o que pedi. Eu tinha recebido uma mensagem dela, poucos minutos antes, informando que os esboços dos vestidos haviam sido enviados para o meu e-mail.

De todos os vestidos que vi ali, apenas um conseguiu tirar todo o meu fôlego. Era incrível demais! E eu tinha toda a certeza de que meu noivo iria amar também.

Respondi ao *e-mail,* indicando qual modelo eu queria e fechei o laptop no segundo em que Alexander se aproximou de mim.

— O que é tão secreto que não posso ver? — perguntou ele no pé do meu ouvido.

— Nada que você não verá em breve... — Foi tudo o que disse antes de me levantar e deixar o eletrônico no nosso quarto, com o maior cuidado para não acordar o bebê adormecido.

Retornei à sala e vi que a poltrona na qual eu tinha me sentado minutos antes agora estava ocupada por Alexander. Cruzei os braços, esperando que ele saísse.

— Você não está esperando que eu saia, está? — questionou em tom brincalhão.

— Nunca falei tão sério na minha vida — afirmei, fixando meu olhar no dele.

— Vem cá! — Ele me puxou para seu colo. Comecei a suar frio. Minhas pernas, de repente, pareciam de papel.

Ele afastou meus cabelos, colocando-os em um dos meus ombros, para, então, iniciar uma trilha de beijos no meu pescoço e na minha nuca. Arrepiada com seu toque, virei meu corpo de frente, encostando nossas testas.

Alexander manteve seus beijos, e, sem pensar em mais nada senão neles, colei nossas bocas, em um beijo intenso, voraz e, ao mesmo tempo, doce. Suas mãos foram de encontro à minha cintura e meus dedos se enroscaram no cabelo dele, escuro como o meu.

— Você é tão linda, Sophie. E sua boca... Ela me enlouquece. Você me enlouquece por inteiro — sussurrou.

Abri um sorriso quando ele voltou a me beijar. Não existia sensação melhor do que a de um sorriso sincero durante um beijo.

Aquelas palavras, aquelas poucas palavras ditas ali, fizeram uma pequena chama de esperança brotar em meu peito. Talvez eu ainda tivesse a chance de ser feliz de verdade. Com Alexander. Ele estava me levando à loucura.

— Está tudo bem, flor? Você anda muito pensativa. Quer conversar? — quis saber ele, traçando uma linha no meu ombro com seus lábios.

— Não... Eu só estou pensando nas minhas possibilidades — respondi e o beijei mais uma vez.

Afinal, por que não enlouquecer de vez em quando?

CAPÍTULO 09

I've waited a hundred years
But I'd wait a million more
for you
Nothing prepared me for the
privilege of being yours
If I had only felt the warmth
within your touch
If I had only seen how you
smile when you blush
Or how you curl your lip when
you concentrate enough
I would have known
what I've been
living for all along
What I've been living for

Eu esperei cem anos
Mas esperaria mais um milhão
por você
Nada me preparou para o
privilégio de ser seu
Se eu apenas tivesse sentido o
calor do seu toque
Se eu tivesse apenas visto
como você sorri quando cora
Ou como você morde o lábio
quando está concentrada
Eu teria tido noção
do motivo pelo
qual tenho vivido
Motivo pelo qual tenho vivido

Sleeping At Last, "Turning Page"

— Prontinha, Sophie! Tome cuidado para não borrar essa maquiagem ou desfazer a trança — implorou Cíntia ao terminar os toques finais no meu cabelo.

Ri com sutileza e assegurei que não estragaria sua obra de arte. Levantei-me da cadeira e fui até Jô, que nunca esteve mais linda do que naquele momento.

— Você definitivamente quer matar o Alexander, amiga. Está *quase* mais bonita que eu! — disse ela, dando ênfase no 'quase'. Fiz uma careta, que ela retribuiu com uma risada.

— Jô? Me promete uma coisa? — comecei, encarando o fundo dos seus olhos castanhos. Minha amiga olhou de volta e assentiu com um balançar de cabeça. — Eu quero... Não! Eu *preciso* que você me prometa amar o Bruno com todo o coração. Só assim você vai ser feliz de verdade. — Não fiz pausas. A necessidade de saber que minha melhor amiga ia ser feliz era maior do que a necessidade que meu corpo tinha por oxigênio.

— Não se preocupe, Sophie... Eu já o amo com tudo que posso. E vou continuar amando até mesmo quando não puder mais. — Jô foi convicta ao dizer cada palavra.

Cheguei mais perto dela e a abracei com força quando o resto do *dream team* saiu da sala, deixando-nos sozinhas.

Ela respirou fundo. Fechando os olhos e apertando minha mão, exclamou:

— Chegou minha hora. Chegou o momento de me entregar ao homem da minha vida. Ah, meu Deus! Sophie! Eu vou me casar em menos de uma hora!

Tia Lili entrou na sala usando um vestido azul. A cor a deixou ainda mais linda do que já era, fazendo-a parecer bem mais nova. Segurava uma capa preta que embalava o vestido de noiva. Percebi que aquele momento era apenas das duas. Uma mãe prestes a casar sua filha.

Com uma piscadela, despedi-me e fui ao meu quarto.

Alexander travava a 3ª Guerra Mundial com a gravata preta. Meneei a cabeça e aproximei-me rindo um pouco.

— Acho que sua gravata vai ganhar essa luta... Ou, quem sabe, você pode se aliar a mim e vencer. — Fiquei na ponta dos pés, abraçando-o por trás. Pousei o queixo em seu ombro e vi que ele prendeu a respiração. Percebi que ele parecia encantado demais.

— Se você ficou assim hoje, quando ainda nem estou com a roupa certa, não quero nem pensar no dia do nosso casamento. Vou providenciar um desfibrilador para ficar do seu lado no altar! — brinquei, virando-o de frente para mim, começando a arrumar sua gravata logo depois.

— Acho uma boa ideia — disse ele, roubando um beijinho.

As coisas entre nós vinham se desenrolando naturalmente. Era até estranho. Às vezes, parecia que sempre tínhamos sido um casal. Não que nós fôssemos um casal. Quero dizer... Eu realmente não sabia o que éramos. E, por maior que fossem as minhas dúvidas sobre os sentimentos de Alexander em relação a mim, não havia nada que me desse razão para reclamar. Já fazia muito tempo desde a última vez que me sentira tão feliz assim. Ele me fazia completa. E o choro enganchava na garganta ao pensar que isso talvez não fosse pra sempre. Ao pensar que tudo não passava de um acordo, de uma cláusula.

— Vou me trocar. Pode me ajudar? — pedi, tentando tirar tais pensamentos da cabeça. Esse era um dos dias mais felizes para meus melhores amigos. Eu me recusava a derramar uma lágrima sequer que não fosse de alegria.

Ele confirmou com a cabeça e, então, me dirigi ao armário para pegar o conjunto de madrinha. Nós éramos os únicos padrinhos que faltavam. Até mesmo Annie e Phin já estavam prontos, pois haviam pegado o filho enquanto eu era maquiada.

Coloquei a saia longa cuidadosamente e pedi que Alexander me ajudasse com a blusa de renda fina. Não queria sujar de maquiagem ou rasgar o tecido delicado quando a vestisse.

Já com a roupa do casamento, calcei os saltos e, depois de fechar minha mochila para irmos embora depois da pequena festa, peguei a mão de Alexander e nos dirigimos até o jardim.

Cumprimentamos os parentes e outros amigos dos noivos antes do chamado da cerimonialista, Marcella. Ela pediu que nós, padrinhos e madrinhas, aguardássemos antes do caminho entre as fileiras de cadeiras até o altar. Quando nosso momento de entrada chegasse, ela nos avisaria.

Os convidados foram tomando seus lugares aos poucos e logo Bruno entrou com sua mãe. Em seguida, Annie e Phin seguiam com filho até suas posições de madrinha e padrinho.

— Bruno parece tão feliz... Posso ver a ansiedade estampada em seu rosto — falei baixinho ao moreno do meu lado.

— Bem, eu, com toda a certeza, estaria — respondeu Alexander com simplicidade enquanto envolvia minha cintura com os braços fortes.

— Sophie? Alexander? Assim que Maddie e Gabriel chegarem aos lugares, vocês entram — instruiu Marcella, entregando-me um buquê de lírios cor-de-rosa.

Alexander entrelaçou o braço no meu, e, juntos, caminhamos até o altar. Mas, infelizmente, nos separamos quando fui para o lado das madrinhas — o mesmo lado que Jô ficaria — e ele seguiu para perto dos padrinhos, onde Bruno já esperava a futura esposa.

Ouvi acordes saindo das caixas de som, e reconheci a música como o sinal da entrada de Jô. Todos ficaram de pé e ela apareceu ao lado do pai.

Tia Lili não se segurou e caiu no choro. Maddie seguiu os passos dela, o que não foi surpresa para ninguém. E não tem como negar que também derramei uma ou duas lágrimas.

Então a cerimônia realmente teve início. Tentei segurar o choro, mas, na hora dos votos, deixei escapar bem mais do que apenas duas lágrimas.

E eles se beijaram, selando seu compromisso um com o outro.

De mãos entrelaçadas, os recém-casados foram juntos até o local da festa. Alexander olhou nos meus olhos quando ficamos um pouco mais atrás e disse:

— Acho que estou mais ansioso para te ver de noiva do que realmente deveria.

Abracei-o com força e deixei que ele me apertasse.

Alexander plantou um beijo na minha bochecha e caminhamos com Annie, Phin — que carregava Theo —, Gabriel e Maddie para procurarmos nossa mesa.

Nós ocupamos nossos lugares e engatamos em uma conversa sobre um assunto qualquer. Era tão fácil falar com eles...

As horas foram passando e, quando já era noite, a noiva anunciou que iria jogar seu buquê.

Maddie fez questão de se juntar às outras mulheres na pequena batalha pelas flores, e ignorou todos os meus protestos enquanto me arrastava para ir junto com ela. A loira foi para perto do palco em que nossa amiga estava. Eu, por outro lado, consegui um lugar mais distante do mar de seres do sexo feminino, ficando mais atrás.

Jô balançou o buquê três vezes antes de jogá-lo de verdade, com força, fazendo-o praticamente voar para longe.

Para as minhas mãos, para ser mais exata.

Capítulo 10

When you love someone	Quando você ama alguém
Your heartbeat beats so loud	Seu coração bate tão alto
When you love someone	Quando você ama alguém
Your feet can't feel the ground	Seus pés não conseguem sentir o chão

Jason Mraz, "Love Someone"

Saí do banheiro e retornei ao quarto para terminar de me arrumar. Ainda estava sem aliança e descalça. E o dia que viria pela frente exigiria uma boa apresentação de minha parte.

Por muita insistência das minhas amigas, concordei com a ideia de comemorar meu aniversário com um café da manhã no meu apartamento.

Eu queria sair para jantar, mas a festa de noivado se aproximava e nós precisávamos ver os últimos detalhes, como, por exemplo, o meu vestido e o terno de Alexander. Então, aceitei fazer a comemoração pela manhã e cuidar dos preparativos da festa no restante do dia.

Coloquei a aliança no dedo e fui atrás de uma sandália que combinasse com o vestido azul que eu usava. Ouvi a porta bater e não precisei olhar para saber quem havia entrado. O cheiro inconfundível do seu perfume o entregou. Fechei os olhos, balançando a cabeça, incrédula com Alexander.

— Ouvi falar que alguém está fazendo vinte e seis aninhos... Você por acaso poderia mandar minhas felicitações à aniversariante? — falou em voz baixa, no pé do meu ouvido. Seus braços foram em direção do lugar favorito dele, minha cintura.

Movi minha cabeça e fiquei na ponta dos pés para depositar um beijo em sua bochecha. E, percebendo o que eu estava prestes a fazer, ele virou o rosto para o lado, até que nossos lábios se encontraram.

— Feliz aniversário, flor — murmurou entre um beijo e outro.

— O que faz aqui? — perguntei, interrompendo o beijo para voltar a procurar um calçado.

— Queria ser o primeiro a cumprimentar minha noiva no dia do aniversário dela — respondeu, sentando-se na cama.

Peguei o par de sandálias pretas e, depois de calçá-las, estendi a mão para Alexander me acompanhar. Ficando de pé, ele se aproximou de mim e me beijou mais uma vez, descendo sua boca para meu pescoço.

— Vou te agarrar se você não parar com isso... — Minha fala foi entrecortada por meus suspiros.

— Não devia ter falado isso... Estou pensando seriamente em não parar, sabia? — avisou ele.

Para provar que minhas palavras eram verdadeiras, ataquei seus lábios em um super beijo.

— Ah, meu Deus! — berrou uma voz feminina, que logo reconheci como a de Annie. Parada na porta, com uma mão sobre os olhos, ela começou a explicar, o rosto ardendo na cor vermelha, mostrando seu constrangimento. — Gente, desculpe! Eu vou voltar lá para sala. Vocês estavam demorando muito e eu só queria ver se est... — Ela não terminou de falar, pois Alex não permitiu.

— Calma, Annie! Nós vamos voltar com você. E você não precisa ficar com vergonha. Já vimos você e Phin de jeitos piores... — O tom escarlate das bochechas da minha amiga ficou ainda mais intenso.

Caímos na maior gargalhada. Ela apenas balançou a cabeça e fez seu caminho de volta à sala. Seguimos nossa amiga pouco tempo depois de Alexander roubar um último beijo.

Fui recebida com abraços apertados e sorrisos sinceros. Não havia jeito melhor de comemorar meu aniversário do que com as pessoas que eu amava.

Depois de um café da manhã regado de muita conversa e risadas, meus amigos e parte da minha família deixaram meu apartamento. Sobrando apenas Alexander, eu e nossas mães.

As duas matriarcas queriam nos acompanhar durante o dia, pois, de acordo com elas, todos os mínimos detalhes dessa festa precisavam estar, no mínimo, perfeitos.

Pegamos o elevador e entramos no carro preto de Alexander. Antes que eu pudesse sentar no banco traseiro com minha mãe, Ana me impediu dizendo:

— Não vou separar o casal. Sente-se ao lado do seu noivo, querida!

Sem querer contrariá-la, ocupei o assento do carona e pus meu cinto de segurança.

— Qual é a nossa programação do dia? — perguntou Alexander enquanto tirava o carro da garagem.

— Precisamos ir ao ateliê da Giovanna buscar as roupas de vocês. Depois Ana e eu vamos resolver tudo o que falta, assim vocês podem ficar com o resto do dia para comemorar o aniversário da Sophie — informou minha mãe.

Durante o caminho, escutamos nossas mães discutindo tudo o que precisava ser feito. Elas iriam, juntamente com a cerimonialista — a mesma moça que havia organizado o casamento de Jô e Bruno —, Marcella, conferir se tudo estava nos conformes no salão de festas do hotel onde o noivado aconteceria.

No decorrer da viagem, Alexander segurou uma das minhas mãos com a sua mão livre e a beijou. Sem me conter, ignorando a presença de Ana e da minha mãe no carro, sapequei um beijinho rápido na boca do meu noivo quando o semáforo ficou vermelho.

Vi, de relance, minha mãe abrir um sorriso enorme. Mas ela se manteve calada.

Ele parou no estacionamento do ateliê e nós quatro saímos do carro.

Gigi abriu a porta com um sorriso no rosto e nos convidou para entrar.

— Ai, Sophie, fiquei sabendo que é seu aniversário! Meus parabéns! Você vai amar o vestido! Deu um trabalhão, mas ficou perfeito. Do jeitinho que você queria — anunciou ela, estalando um beijo em cada uma de minhas bochechas.

Deu um abraço rápido em Alexander e disse:

— Então esse é o sortudo? Se bem que meus pensamentos estão mudando... Acho que a sortuda é a Sophie! *Hahaha!* E nem me olhe com essa cara ciumenta, *darling*. A culpa não é minha se você soube escolher direito. O que é bonito deve ser admirado. — Vendo que a minha expressão não se suavizou com o comentário, ela acrescentou: — Não se preocupe, estou muito feliz com o meu próprio garanhão, tá?

Ela cumprimentou nossas mães e, depois de nos guiar até a salinha de espera, levou Alexander ao provador, entregando a ele o terno.

A estilista puxou um assunto, começando uma faladeira sem fim sobre a irmã do namorado que era uma praga, de acordo com o que nos contou. Gigi ia voltar a falar mal da moça, mas, antes de continuar, Alexander saiu do provador, usando seu terno azul marinho. A cor era perfeita para a ocasião. Elegante, mas sem exageros.

— Está um gato! Segura esse aí, *honey*! Deve chover mulher para cima dele — comentou Gigi, alisando a parte superior do terno ligeiramente.

— Não que isso me agrade muito... — murmurei, um pouco irritada com o comentário. Os olhares furtivos que meu noivo recebia não me deixavam nada feliz.

— Isso aí é um poço de ciúmes, Giovanna! Desde pequena sempre foi assim — relatou minha mãe, fazendo uma careta.

— Eu não sou ciumenta! — Tentei parecer convicta, e quase consegui, se Alexander não tivesse desmentido.

— Você é uma bela de uma ciumenta, Sophie! Mas é a minha ciumenta... — Então se aproximou para me beijar, encontrando não a minha boca, mas, sim, minha mão.

— Sem beijos para você — afirmei, ficando de pé para provar meu vestido.

Gigi me chamou para ir ao provador do lado, onde meu vestido já se encontrava pendurado num cabide.

Tirei minha roupa e, com a ajuda da designer, coloquei o vestido em meu corpo. Ela arrumou as alças e ajeitou o decote, de modo que cada parte ficasse no seu devido lugar.

O vestido tinha pequenos cristais ao longo da renda dourada. Ele ia até os pés e dava para ver claramente o quanto eu precisava usar salto alto para não tropeçar no tecido.

Saí do provador e meu noivo parou subitamente de falar, fixando seus olhos em mim.

— Feche essa boca, Alexander! A menina ainda nem está com o vestido de noiva e você já está assim? — exclamou Ana, rindo do filho.

Ele rapidamente se recompôs e suas bochechas adquiriram um tom levemente avermelhado. Aproveitando a chance, na intenção de deixá-lo ainda mais sem jeito, perguntei, enquanto ajustava o decote em meu busto:

— Gostou do vestido, amor?

Alexander se levantou do sofá, ignorando a vermelhidão em seu rosto — que só aumentou quando o chamei de "amor" —, e me puxou pela cintura, girando-me em seus braços, como se estivéssemos dançando.

— O vestido é perfeito para dançar. É definitivamente lindo. E marca essas suas curvas incríveis. Mas tem alguns problemas... — disse ele, olhando para mim e depois para Gigi.

— Que seriam...? — incentivei-o a continuar.

— Esse decote mostra o que é meu. — Apontou para a leve abertura no meu busto. — Essa fenda na lateral está te deixando sexy demais. — Indicou o corte na lateral do vestido, que começava em meus pés e subia até a altura da minha coxa. — E esses botões nas costas... Esses malditos botões vão me dar o maior trabalho na hora de abrir. — Ele deslizou a mão pela trilha de botões, deixando-me arrepiada.

Senti meu rosto pegar fogo e meu coração acelerar no peito. Ele fez isso de propósito!

— Que nada! Alexander não sabe o que fala! O vestido está lindo. Sexy na medida. Deixou Sophie ainda mais bonita! — rebateu Ana, limpando uma lágrima discreta que escorreu do seu olho.

— Obrigada, Ana — agradeci com um sorriso.

Gigi fez os últimos ajustes ali mesmo e logo troquei de roupa. Ela nos ajudou a colocar meu vestido e o terno de Alexander no carro para que não amassássemos nadinha, e logo saímos do ateliê.

Deixamos nossas mães no meu apartamento, pois elas precisariam pegar seus carros para resolver o que faltava. Eu estava prestes a abrir a porta para sair quando Alexander disse:

— Aonde pensa que vai?

— Hã... Para minha casa, eu acho — respondi meio incerta do que dizer. Ele balançou a cabeça em negativa.

— Não vai, não. Preciso te levar a um lugar antes...

Confusa demais para responder qualquer coisa, descansei as costas no banco novamente e deixei que ele segurasse minha mão durante o percurso. Percebi que estávamos saindo da cidade.

Sempre fui muito ruim em me localizar e isso ficou ainda pior quando ele tapou meus olhos com uma das máscaras de dormir que Maddie usava. A estampa divertida entregou minha amiga como cúmplice.

Alexander puxou um assunto qualquer e fomos conversando durante o caminho inteiro. Então, ele finalmente estacionou o carro e desceu, me resgatando logo em seguida.

— O que diabos você está fazendo comigo, Alex? — perguntei quando ele passou um braço por minhas costas e o outro por minhas pernas, erguendo-me em seu colo.

— Nada que você não vá amar... — respondeu ele enquanto me carregava até um lugar onde pude sentir o vento bagunçar meus cabelos.

O cheiro de maresia e o som das ondas me avisaram que eu estava na praia.

Alexander desamarrou minhas sandálias, colocando-as em algum canto que não pude ver. Ele me colocou no chão com delicadeza e retirou a venda dos meus olhos.

Estávamos na casa de praia do Tio Haroldo. À beira do mar. Os pés na areia me traziam um conforto sem fim e eu não conseguia desgrudar os olhos daquela visão.

Aquele lugar... Foi exatamente ali que nos beijamos pela primeira vez tantos anos antes. As emoções me dominaram e minha cabeça foi invadida por uma tempestade de lembranças.

Uma plataforma de madeira recoberta por um carpete fino se iniciava a poucos passos de nós, e seguia até um pouco mais adiante, desembocando em um pequeno altar que estava decorado por flores.

— Pedi que construíssem nosso altar de casamento porque quero que seja aqui. Quero prometer cuidar de você e ser fiel durante os dois anos que passaremos juntos, aqui — sussurrou Alex enquanto me abraçava por trás. — O que você acha, Sophie? É aqui que nos tornaremos marido e mulher?

— Não poderia ter escolhido lugar melhor.

Nós nos sentamos na areia e engatamos numa conversa sem fim sobre o nosso casamento. Depois, Alexander me levou para a casa de praia e disse que meu presente me esperava lá dentro.

— Outro presente? Para mim, o altar lá fora é mais do que suficiente — comentei, intrigada.

— Bem... Esse próximo presente não é só para você.

Ele pediu que eu me sentasse no sofá e logo saiu da sala de estar, voltando em poucos minutos.

O que ele está aprontando?

Um envelope branco foi colocado em minhas mãos. Sem pensar duas vezes, encorajada por seu olhar, abri o envelope, tirando, em seguida, dois pedaços de papel. E foi então que li o que estava escrito ali.

— Sei o quanto você sempre quis voltar à Grécia. Não pensei duas vezes antes de comprar nossas passagens de lua de mel para lá — disparou ele. As passagens de avião que tinham Mykonos, Grécia, como destino final, tremiam em minhas mãos.

Sorri abertamente e me joguei nos braços de Alexander, enchendo-o de beijos.

— Obrigada — murmurei, meus lábios indo no encontro de sua pele novamente. — Obrigada!

—Se for assim toda vez que eu te surpreender, juro que vou fazer surpresas todos os dias... — prometeu ele, empolgado com minha reação.

∞

Retornamos para casa antes do anoitecer. Tínhamos um dia de trabalho pela frente e queríamos estar dispostos, afinal, a medicina exigia isso de nós.

Acordei antes do despertador na manhã que sucedeu meu aniversário, mas acabei me atrasando tanto que tive de deixar meu café da manhã para depois.

Chegando ao hospital, recebi inúmeras felicitações de todos que passavam por mim. E juro que pude ver um sorrisinho cúmplice no rosto de Margareth.

Sem questionar, apenas entrei na minha sala, notando algo de diferente assim que passei pela porta.

O lugar onde a minha antiga cafeteira costumava ficar — e que estava vazio desde que ela tinha quebrado — foi ocupado por outra máquina. Uma mais moderna e obviamente mais útil que a anterior. E algo me chamou a atenção. Havia um pequeno bilhete preso à máquina por fita adesiva. E, por culpa da minha miopia, precisei me aproximar para ler o que estava escrito.

Bom dia, ex-aniversariante!

Esqueci de dizer que tinha mais um presente te esperando na sua sala. Espero que goste da nova melhor amiga...

Beijos do mais incrível pediatra e noivo do mundo,

Alexander Dantas Ferraz

— Faça um café expresso para mim, por favor! — Sua voz soou no pé de meu ouvido, e não tinha outro jeito de agradecer senão com um beijão. — Eu disse que continuaria te surpreendendo... Ainda mais depois da comprovação de que seus agradecimentos são maravilhosos.

— O que faz aqui? — perguntei, afastando-me para vestir o jaleco.

— Além de fazer uma visita à minha futura-esposa? Seu pai está com um paciente de seis anos em estado delicado. Queria uma avaliação minha sobre o melhor jeito de seguir com o tratamento. Mas combinamos de nos encontrar em meia hora, então tenho tempo.

Alexander pegou minha mão e plantou um beijo na palma antes de entrelaçarmos nossos dedos e sairmos da sala.

Nós caminhamos juntos pelo hospital, ignorando os olhares que se recaíam sobre nós. Vi que ele estava prestes a falar algo, mas foi interrompido por Margareth, que surgiu correndo e implorando que eu fosse até a UTI o mais rápido possível.

— Espere, Sophie! — chamou-me ele quando já estávamos a alguns passos de distância. Puxou minha mão e encostou os lábios nos meus com delicadeza. — Passo no seu apartamento mais tarde... — afirmou e me beijou rapidamente, deixando-me com o coração na mão mais uma vez.

E então me dei conta de que a vida era boa, e a ideia de aproveitar enquanto podia já não me parecia mais uma loucura.

Capítulo 11

And make sure	E ter certeza de
you're alright	que você está bem
I'll take care of you	Eu vou cuidar de você
And I don't want	E não quero
to be here	estar aqui
If I can't be	Se não posso estar
with you tonight	com você esta noite

Sam Smith, "Lay Me Down"

— Mas por quê? Não quero tirar minha aliança! — reclamei mais uma vez diante dos protestos da minha mãe.

— É assim que uma festa de noivado funciona, Sophie! Alexander vai repetir o pedido de casamento na frente dos convidados e você vai ter sua aliança em breve — retrucou ela, colocando o pequeno anel de brilhantes dentro de uma caixinha preta antes de deixar o quarto. A mesma caixinha que Alexander usou quando me pediu em casamento, semanas antes.

Estávamos no hotel onde a festa aconteceria. Eu ia me arrumar na suíte alugada por meus pais. Parte do *dream team* que me preparou para o casamento de Jô ficou encarregada por me deixar "sensacional", como Cíntia disse.

Leves batidas na porta me trouxeram de volta à realidade. Maddie, que se ofereceu para ajudar a me arrumar e era a única pessoa presente além de mim, se dispôs a atender.

— Obrigada. — Pude ouvi-la dizer a quem quer que fosse.

— Quem era? — perguntei, observando o pacote que ela trazia em mãos.

— Alguém que trabalha no hotel, mas isso não importa! Deixaram isso aqui para você — avisou ela, entregando-me o presente.

Sentei-me na beira da cama e comecei a abrir a pequena sacola com a logomarca da minha joalheria favorita. Em seu interior, havia uma caixinha, parecida com a que guardava nossos anéis de noivado. Meus dedos esbarram num cartão e não pensei duas vezes antes de lê-lo. Fiquei bem decepcionada ao notar que não havia nada escrito.

Mas aquele "A"... Aquele pingente de letra "A" preso ao cordão fininho já dizia tudo.

— Quem mandou? — perguntou a loira, chegando mais perto, na intenção de olhar o delicado presente.

— Ninguém assinou o cartão. Mas meu noivo é a pessoa mais óbvia do mundo. E me conhece como ninguém! — respondi, admirando meu novo colar.

— Vou te ajudar a colocar o vestido. As joias vêm só depois dele. Não queremos um brinco ficando enroscado nessa renda! — determinou ela enquanto se dirigia ao armário.

Com cuidado, ela me ajudou a pôr o vestido sem que borrássemos minha maquiagem ou destruíssemos meus falsos cachos.

Sentei-me na penteadeira e coloquei todas as joias que mamãe me obrigou a usar.

— São heranças de família, Sophie! É importante que você as use!, foi o que Dra. Amélia disse

Quando Maddie me estendeu o colar que, antes, foi da minha avó, apenas neguei com a cabeça.

— Alexander não me mandou esse presente sem motivos. Ele espera que eu use o colar — expliquei.

Minha amiga abriu um sorriso que mostrava o quanto estava empolgada e exclamou:

— Você vai ficar ainda mais linda, Sophie! Meu irmão não vai ser capaz de falar quando te vir assim!

Acabei rindo de sua euforia antes de prender o colar em volta do meu pescoço.

Aquele pequeno pingente, tão delicado e tão lindo, tinha tanto significado... Alexander sempre sabia como me surpreender. Tudo o que eu mais queria naquele momento era beijá-lo. Ele realmente estava tentando fazer com que as coisas funcionassem entre nós.

Pouco antes do início da festa, Maddie se despediu de mim com um beijo estalado na bochecha, alegando ter combinado de encontrar Gabriel no salão de festas, deixando-me sozinha no cômodo.

Mas não por muito tempo...

O barulho da porta sendo aberta por um cartão-chave me informou que alguém se juntava a mim. Já convicta de que minha mãe era quem entrava no quarto, não me preocupei em fazer algo diante daquela situação. Que pena...

— *Sista?* Ah, meu Deus! Que coisa mais linda! — Sua voz nunca me pareceu tão melodiosa. Foram necessários meses sem vê-la para conseguir compreender o tamanho da saudade que eu sentia da minha irmã.

Elena, com trinta e dois anos — seis anos mais velha que eu — e seus incríveis 1m72 de altura, estava ainda mais linda desde a última vez em que nos encontramos. Os cabelos escuros como os meus estavam sedosos e brilhantes de um jeito que eu nunca tinha visto. Podia ser minha versão no futuro, mas a diferença de altura seria um verdadeiro problema.

Tentando segurar a vontade imensa de chorar, tamanha era minha felicidade naquele momento, desci dos saltos vermelhos e puxei minha irmã para um abraço esmagador, cheio de sentimento.

— Para uma pessoa que está sendo forçada a se casar, você aparenta estar mais feliz do que nunca.

Eu estava prestes a questionar sobre seu marido, Daniel — outro cardiologista, que ela conheceu durante a residência no Sul —, e seus filhos, meus amados sobrinhos, Alice e Samuel, com três e cinco aninhos respectivamente, mas Elena disse algo ao nos soltarmos do abraço que me fez esquecer de qualquer pergunta que pensei em fazer.

Observando meu novo colar cautelosamente, minha irmã continuou:

— E arrisco apostar o meu estetoscópio que essa alegria sem fim tem nome e sobrenome, e ela se chama Alexander Dantas Ferraz.

— Por que você sempre sabe de tudo mesmo antes que eu tenha chance de falar alguma coisa? — perguntei, frustrada. Até onde sou capaz de me lembrar, esconder qualquer coisa da minha irmã nunca foi opção, pois, além de não querer manter nada em segredo, eu simplesmente não conseguia. Ela apenas sabia de tudo.

— Porque eu sou sua irmã mais velha e conheço você de um jeito que chega a me assustar — respondeu ela sem mais nem menos. — Mas isso não importa agora! Vou saber de tudo outra vez, e quem vai me contar é você — concluiu, sentando-se na cama.

Minha boca já estava aberta para começar a relatar o que tinha acontecido e o que vinha acontecendo, quando mamãe irrompeu no quarto alegando que tinha pedido para que Elena me chamasse para descer e dizendo o quanto eu estava em cima da hora.

— Alguns convidados já estão entrando! E você deve estar lá para recebê-los!

Com o olhar de desapontamento estampado em meu rosto, tendo como única opção seguir as ordens de mamãe, abri um sorriso torto para minha irmã, que apenas disse:

— Teremos muito tempo para conversar.

Calcei os sapatos de salto novamente e deixei a suíte com Elena e nossa mãe enquanto sentia o meu coração batucar numa força e com uma rapidez sem limites dentro do meu peito. Eu estava claramente ansiosa.

Tentei me acalmar e repetir várias vezes na minha cabeça que era apenas a minha festa de noivado, e não o dia do meu casamento. O que de certa forma quase chegou a ajudar, mas piorou tudo quando comecei a pensar que, em algumas semanas, eu estaria me casando.

Após sairmos do elevador e andarmos em direção ao local da celebração, vi que Alexander estava ao lado do meu pai, engajado numa conversa — que parecia estar divertida, levando em conta as risadas que ouvi — com uma taça ainda cheia de espumante na mão.

Ele estava incrível. O terno de tom escuro marcava o porte atlético, ainda que não estivesse excessivamente justo no seu corpo.

Adentramos o grande salão discretamente, e logo tratei de ficar ao lado do meu noivo, que, ao colocar os olhos em mim, abriu um sorriso. Estendeu a mão para que eu colocasse a minha, levando-a aos lábios para plantar um beijo.

— Você conseguiu ficar ainda mais linda, Sophie. Não sei se vou ser capaz de tirar os olhos de você... — elogiou, beijando minha testa enquanto me puxava para mais perto de si.

— Ah, minha querida... Você está tão linda! Parece uma verdadeira princesa! — exclamou papai com uma expressão orgulhosa no rosto. Agradeci, sem graça. Ele beijou minha bochecha com ternura antes de dar um aceno de cabeça a Alexander e se retirar, indo ao encontro de minha mãe.

O salão ia enchendo à medida que os convidados chegavam. Todos faziam questão de nos cumprimentar, é claro.

Quando minha avó materna, Adelaide, veio falar conosco, segurou meu rosto entre as mãos — extremamente macias, devo acrescentar — e, após nos desejar toda a felicidade do mundo e de reclamar um bocado por eu ter mantido Alexander escondido tanto tempo, ela disse com voz firme:

— Que uma coisa fique bem clara, Sophie. Se eu fosse você, minha filha, eu não soltava mais esse peixão.

Depois dessa pérola que vovó soltou, Alexander se manteve risonho durante longos quinze minutos. Mas não me segurei quando ele resolveu fazer piada.

— Se eu sou peixe, então você, por acaso, é a Pequena Sereia?

Passamos quase uma hora recepcionando os convidados, e, quando finalmente tomamos nossos lugares na grande mesa de nossas famílias, um casal, que não passou despercebido por mim, deixou as formalidades de lado e sentou-se à mesa em que nossos antigos colegas de escola estavam. Por culpa da minha maldita miopia e da minha falta de vontade de comprar uma lente de contato, não consegui distinguir os rostos com precisão.

Vi os ombros de Alexander ficarem tensos e sua mão se agarrou à minha com mais força.

— O que foi, Alex? — perguntei, pondo as mãos sobre seu peitoral forte, tentando esconder a preocupação em meu rosto.

— Me promete que não vai ficar nervosa, ou irritada, ou qualquer coisa do tipo? — perguntou baixo, fixando seu olhar no meu e segurando minhas mãos com mais delicadeza.

Então eu soube que coisa boa não era.

Assenti com a cabeça e ele prosseguiu depois de respirar bem fundo, fechando os olhos por um breve instante.

— Não sei como nem por quê, mas Roberto e Maria Virgínia acabaram de entrar.

O jantar foi servido e eu estava determinada a esquecer as palavras de Alexander, na intenção de aproveitar minha noite. A imagem de Roberto aos beijos com Maria Virgínia só se dissipou da minha mente no momento em que anunciaram que a hora de refazer o pedido havia chegado.

A música favorita de Alexander começou a tocar baixinho pelas grandes caixas de som espalhadas pelo salão. E, não posso negar, era uma das minhas favoritas também.

Com os dedos entrelaçados, nós nos direcionamos ao meio do salão. Abri um sorriso e Alexander pressionou os lábios contra os meus rapidamente, fazendo com que muitos suspirassem ao nosso redor.

— Antes de tudo, eu gostaria dizer que Sophie e eu estamos muito gratos pela presença de cada um esta noite. Estamos extremamente felizes por dividir um pouco da nossa felicidade, um pouco do nosso amor, com vocês. — Alexander deu início, com o microfone na mão, sendo recebido por uma salva de palmas.

Virando-se de frente para mim, ele acariciou meu rosto com a mão livre e tomou a palavra novamente. Seu discurso não era nada parecido com o que ele havia feito ao me pedir em casamento na casa de Bruno, praticamente um mês antes. Desta vez, ele falava sobre como me amava e afirmou que sonhava com esse momento havia anos.

É claro que ele teria que falar isso. Alexander precisa *fingir que é um noivo extremamente apaixonado!*, lembrei a mim mesma no momento em que meu coração começou a se encher de esperança.

Então ele se ajoelhou e pegou a caixinha com as alianças no bolso do terno antes de perguntar:

— Sophie, você daria a honra de ser minha esposa? Quer se casar comigo?

Antes mesmo que eu pudesse ver o que tinha na pequena caixa, assenti com a cabeça várias vezes, tentando conter minhas lágrimas. Ao se colocar de pé, Alexander teve o pescoço enlaçado por meus braços. Assim, ele me ergueu do chão para, então, me beijar.

O eco dos aplausos vindo de todos os lados nos trouxe de volta à realidade. Meu noivo enxugou delicadamente a lágrima que escorreu por meu rosto e beijou minha testa.

— Acho que está na hora de abrir essa caixinha, não? — perguntei entre risos e ele logo se juntou a mim.

Alexander abriu a caixinha que continha nossas alianças, revelando não só os mesmos aros prateados que eu já conhecia, mas, também, um anel solitário que carregava um pequeno diamante. Um diamante no tamanho ideal, de acordo com meus sonhos.

Fiquei sem fala. Arfei sem conseguir proferir palavra alguma. Eu não fazia ideia de que teria outro anel além das alianças que já usávamos.

— Amor... Que coisa mais linda! — exclamei baixinho, vendo um sorriso surgir nos seus lábios em seguida.

— Posso fazer as honras? — quis saber ele, ansioso.

Assenti com a cabeça e ele tirou os anéis de dentro da caixinha. Trocamos alianças entre sorrisos e beijos, esquecendo-nos de todos que estavam ali conosco. Admirei meu novo presente, agora em meu dedo anelar direito, com um sorriso bobo no rosto.

Mas a pergunta que não saía da minha cabeça era: *Por que Alexander estava agindo como um noivo apaixonado, quando, na verdade, estamos sendo forçados a nos casar?*

Não fazia nenhum sentido!

Por que agíamos como um casal quando estávamos sozinhos? Eu estava apaixonada, sabia disso. Mas e Alexander? Por que agia como se me amasse?

— Por que está tão quieta? Não estou acostumado com uma Sophie calada... A não ser que tenha algo errado. — Alexander pôs as mãos macias em meu rosto enquanto falava com voz calma.

— Não está acontecendo nada. Só estou imaginando o que levou Roberto e Maria Virgínia a entrarem de penetras no nosso noivado — menti, sentindo a culpa invadir meu coração. Odeio mentiras!

Ele pareceu não acreditar. E eu tive a certeza do quanto estava correta quando o ouvi dizer:

— Quando quiser falar o que realmente está te incomodando, vou estar aqui, ok? E vou cuidar de você.

Assenti com a cabeça e recebi um beijo casto nos lábios.

Quando estava prestes a unir nossas bocas novamente, escutei alguém pigarrear. E foi quando amaldiçoei minha audição.

O *alguém* era simplesmente meu ex-namorado-super-babaca. Alexander fechou a cara na mesma hora, assim como eu.

— O que você quer? — perguntei, chegando mais perto do meu noivo.

— Queria falar com você, Sophie — anunciou ele, com uma expressão de medo estampada no rosto.

— O que está esperando, então? Não tem ninguém te impedindo de falar, tem? — retrucou Alexander, já perdendo a pouca paciência que tinha.

— Gostaria de falar com a Sophie em particular — esclareceu Roberto, claramente nervoso.

Eu não fazia ideia de que Alexander conseguia assustar tanto alguém. Sem pensar direito, acabei respondendo:

— Certo. Vamos até a recepção. Acho que não deve ter muito movimento por lá...

Recebi um olhar chocado de Alexander. Dentro desse olhar, havia também uma preocupação nítida, um zelo enorme e um cuidado sem fim.

— Está tudo bem, amor. — Virei meu corpo para encarar meu noivo antes de completar: — Vou estar de volta antes que possa sentir minha falta.

Ele apenas balançou a cabeça levemente e beijou minha testa.

Discretamente, saí do salão de festas com Roberto em meu encalço.

Nós mal havíamos parado no corredor dos elevadores quando eu falei de modo seco:

— O que você quer, Roberto? Já não basta ter feito o que fez?

Ele engoliu em seco, mas, aparentemente, não se deixou abalar, pois logo disse:

— Vai com calma, lindinha. Vim aqui apenas estender a bandeira branca e te pedir um recomeço.

Acho que foi o desespero ou a incredulidade, não tenho certeza, que me levaram a cair na maior gargalhada da minha vida. E eu ria tanto ao ponto de estar recebendo olhares de reprovação de algumas pessoas que estavam por ali.

— E... E v-você vem falar essa palhaçada na minha festa de noivado? — perguntei entre uma risada e outra. — Estou um pouco decepcionada, Roberto. Achei que fosse mais inteligente! Será que a convivência com a Maria Virgínia está atrofiando seu sistema nervoso? Não sei se você lembra, mas meu pai é neurologista... Ele pode dar um jeito nisso. Se bem que, para parar de ser idiota, você teria que nascer outra vez...

Sem dar chance de o ex-namorado babaca responder alguma coisa, eu continuei falando enquanto limpava as lágrimas que escaparam dos meus olhos.

— Saia daqui, Roberto! Vá embora e leve sua namoradinha nojenta com você. E, se possível, não vá embora apenas da festa, mas da minha vida! Agora eu preciso voltar para o meu futuro marido. O amor da minha vida e o único homem capaz de me fazer feliz todos os dias — finalizei, virando de costas e retornando ao salão.

Mas não consegui chegar até lá, uma vez que um forte puxão em meu antebraço me fez voltar para onde estava.

Roberto agarrou o meu pulso e meu coração começou a pulsar com rapidez quando ele levou a mão em direção ao meu pescoço, segurando-o de maneira nada delicada.

— Você me traía com ele, não traía, Sophie? Você me traía com ele e acabou grávida, por isso um casamento tão repentino! — acusou-me cheio de convicção e certeza. — Me responda, Sophie! — ordenou com a voz mais alta.

Eu já estava prestes a gritar por ajuda quando um cruzado de direita atingiu o rosto de Roberto, fazendo-o me empurrar para longe. Fiquei sem ar e estava tonta demais para me manter de pé. Meus joelhos fraquejaram, indo de encontro ao chão.

Esperando ver o rosto de Alexander, arregalei os olhos ao observar que quem socou meu ex-namorado não havia sido meu noivo, mas, sim, sua irmã.

Maddie estava com o rosto vermelho e teria continuado a mostrar as habilidades que adquiriu nas aulas de Muay thai que fazia comigo se Roberto, com a boca sangrando, não tivesse disparado para longe dali.

— Como você namorou esse idiota? É sério, Sophie, ter medo de mim? Sinceramente... Ah, meu Deus! Amiga! — exclamou ela enquanto corria para perto de mim, com uma expressão preocupada nos olhos.

Depois de tossir algumas vezes e tirar os saltos dos pés, deixei que o afago da minha melhor amiga em meus cabelos ficasse responsável por me acalmar. Levantei-me do chão devagar com o auxílio da loira algum tempo depois.

Foi então que as lágrimas começaram a brotar nos meus olhos. Eu sabia que a única pessoa capaz de me acalentar era Alexander.

Como se estivesse ouvindo os meus pedidos, meu noivo apareceu logo em seguida. Os cabelos escuros estavam ligeiramente bagunçados e sua expressão era receosa.

Sem pensar duas vezes, apressei-me e fui me aninhar no seu peitoral, sendo acolhida por seu perfume, seu calor, seus braços e seus beijos.

— O que aconteceu, minha linda? — sussurrou ele Com a voz carregada de desespero. — Vi Roberto saindo do salão com Maria Virgínia alguns minutos atrás. Eu tinha pedido para Maddie que viesse checar se estava tudo bem, já que sua mãe me proibiu de deixar aquele salão de festas.

Maddie e o irmão tiveram uma conversa rápida, mas não consegui captar nenhum trecho. Eu estava concentrada demais nas batidas aceleradas do coração de Alexander para raciocinar qualquer coisa.

— Vamos subir, meu amor — disse ele aos sussurros, como se tivesse medo de me assustar. — Maddie prometeu que vai tomar conta de tudo. Eu estou com a chave da sua suíte. Pedi que deixassem minhas coisas lá, como você havia sugerido ontem. Além disso, tinha planos de fazer uma surpresa mais tarde, mas, graças ao babaca do Roberto, não tive como preparar o que planejei.

Enlaçando meu corpo com um braço e carregando meus sapatos com o outro, Alexander chamou o elevador, que desembarcou pouco tempo depois para nos levar à nossa suíte.

Sem me soltar, ele abriu a porta do quarto e me deixou entrar na frente. Vindo logo atrás de mim, colocou os meus sapatos no cantinho do armário e tirou a parte superior do terno feito sob medida apenas para aquela noite.

— Tome um banho quente, Sophie. Relaxe e coloque uma roupa de dormir. Depois, podemos ver um filme ou começar um seriado... O que acha? — sugeriu Alexander enquanto desabotoava a camisa, deixando-me um pouco desnorteada.

Desviei o olhar do seu peitoral e encarei minhas mãos. Pude sentir meu rosto queimando. Meu noivo deu uma leve risada e me puxou para perto de si, na intenção de beijar meus lábios com calma.

— Quando você voltar, eu estarei te esperando, ok? Vou cuidar de você. Sempre.

CAPÍTULO 12

With or without you	Com ou sem você.
With or without you	Com ou sem você.

U2, "With or Without You"

— Em qual mesa elas estão? — perguntei à Maddie enquanto tentava me esticar sobre os saltos na intenção de achar a mesa em que Annie e Jô se encontravam no restaurante italiano.

— Jô falou que a mesa era ligeiramente escondida... Acho que é aquela ali! — respondeu a loira, arrastando-me até nossas amigas.

Por sorte, Maddie não se confundiu e achamos a mesa certa. Depois de cumprimentar as duas, ocupei o lugar ao lado de Jô e pedi uma água com gás ao garçom.

— Por que demoraram tanto? Vocês estão quase meia hora atrasadas! — quis saber Annie, pegando um pouco da minha água.

— Aconteceu uma pequena complicação no último paciente que operei... Uma hemorragia pequenininha que foi chata o suficiente para me fazer perder uma hora inteira! E Maddie quis esperar por mim — relatei com um suspiro, tentando reprimir um bocejo, sem sucesso.

— Você está com mais olheiras do que o normal, Sophie. Ou toma um café forte ou tira um cochilo. Está dormindo direito? — perguntou Jô, claramente preocupada.

Reprimindo outro bocejo, respondi:

— Mais ou menos... Só estou muito atarefada. — Jô ergueu uma das sobrancelhas, e logo eu me corrigi: — Quero dizer, eu já era bem atarefada com minhas cirurgias e meus plantões. Mas, com a fusão dos hospitais, a festa de inauguração de hoje e meu casamento chegando, eu preciso de mais quatro ou cinco horas num dia!

A semana havia sido corrida demais. A fusão dos Hospitais Leal d'Ávilla e Dantas Ferraz estava completa! Para anunciar o sucesso do, agora, Hospital d'Ávilla Ferraz, aconteceria uma grande festa na mansão do Tio Haroldo — que ainda não havia sido vendida — pela noite. E, sendo a mais nova participante da diretoria do Hospital, precisei ajudar minha mãe e Ana na organização da festa.

— Por falar em casamento, como estão você e Alexander, amiga? Semana passada ele foi assistir àquele jogo com os meninos lá em casa e acabei ouvindo-o dizer que estava preparando um presente de casamento para você. E que presente, viu?! — confessou Annie com um sorriso no rosto, apenas para atiçar minha curiosidade.

— Que presente? — questionei, intrigada. Alexander não cansava de me surpreender.

Antes que ela pudesse responder qualquer coisa, nossos pedidos chegaram, tirando minha amiga da saia justa em que ela mesma havia se colocado.

Foquei minha atenção no meu espaguete à bolonhesa e resolvi questionar Annie mais tarde.

O resto do almoço passou bem rápido, até que Maddie soltou:

— Vocês não fazem ideia do que está acontecendo...

— O quê? — perguntamos as três em uníssono, olhando umas para as outras.

Maddie respirou fundo antes de prosseguir.

— Estava conferindo as fichas dos novos contratados da área de pediatria do hospital e... — Ela parou de falar, ficando em dúvida se deveria continuar ou não.

— Se começou, agora trate de terminar, loira! — exigi, sentindo um desconforto repentino se apossar de mim. Eu definitivamente não havia gostado do tom de voz dela.

— Antes que você bata em mim, Sophie, eu não sei como nem por quê, mas uma das novas psicólogas infantis do hospital é a Maria Virgínia.

Arregalei os olhos sem saber o que fazer.

Quando finalmente o universo parecia cooperar com Alexander e eu, percebi que tudo não passava de uma ilusão.

É claro que a garota que fez da minha vida um pandemônio tinha que trabalhar no mesmo ambiente que eu. Entre centenas de hospitais em São Paulo, Maria Virgínia tinha que me perseguir. Ou melhor, perseguir o cara que eu amo.

O clima ficou tenso depois disso. Pedimos a conta e, depois de se certificarem de que eu estava bem, as meninas me deixaram ir embora rumo ao Hospital d'Ávilla Ferraz para a reunião final do evento da noite com minha mãe, minha sogra e a cerimonialista.

Cheguei ao hospital meia hora depois de sair do restaurante. Estacionei na vaga mais próxima da entrada, que, por sorte, era ao lado do carro de Alexander. Sorri só de pensar que ele já estava presente.

Fui dando boa-tarde a quem eu via e, ao chegar à sala de reuniões, vi que mamãe e Ana conversavam com Marcella, a cerimonialista, e, assim que as duas notaram minha presença na sala, pediram licença e vieram até mim.

Mamãe beijou minha cabeça depois que cumprimentei Marcella.

— Ah, querida! Que bom que chegou! Alexander está arrancando os cabelos porque ainda não terminou o discurso — contou-me Ana depois de beijar minha bochecha.

— Onde ele está? Não queremos meu futuro marido careca antes do nosso casamento, não é?! — brinquei, deixando minha bolsa sobre a mesa da sala, tirando de dentro dela apenas o meu celular. — Volto em alguns minutinhos para ajudar vocês!

Depois de saber que Alexander estava em seu consultório, que, por ironia do destino, ficava ao lado do meu, deixei minha mãe e minha sogra com a cerimonialista e caminhei pelos corredores da ala mais calma do hospital até chegar à última porta que havia ali. Bati duas vezes e meu coração quase saltou da boca quando ouvi a voz dele dizendo "Entre!". Empurrei a maçaneta e coloquei minha cabeça para dentro do escritório.

Os olhos de Alexander exibiam uma expressão desesperada e não desgrudavam da tela do computador. Ele batucava a caneta freneticamente na cabeça. Depois de avaliar o local, cheio de bolas de papel amassado pela mesa e pelo chão, compreendi o que Ana tinha falado acerca do discurso.

— Dr. Ferraz? Será que você teria alguns minutos livres para sua noiva matar a saudade? — perguntei, fechando a porta atrás de mim.

Quando finalmente levantou o rosto e me viu, um sorriso quilométrico se instalou no rosto de Alexander, fazendo com que eu não tivesse alternativa a não ser sorrir de volta.

— Avise à minha noiva que, para ela, eu tenho todos os minutos do mundo! — respondeu, levantando-se da cadeira e vindo em minha direção.

Caramba! Só depois de passar a semana inteira sem vê-lo que eu consegui compreender o tamanho da falta que Alexander me fazia.

Não aguentando mais, corri para abraçá-lo, sendo erguida do chão. E ele — finalmente! — me beijou como se fosse a primeira vez que nos víamos depois de anos. Logo seus lábios desceram de encontro ao meu pescoço, o ponto mais sensível do meu corpo.

— Então pelo jeito não fui a única que sentiu saudades... — sussurrei, sentindo seus beijos descendo para minha clavícula.

— Você definitivamente não estava sozinha nesse barco! — respondeu Alexander antes de voltar a me beijar. — Ok! Por mais que eu queira passar o resto da vida te beijando, tenho um discurso para terminar — avisou quando nossas bocas se desencostaram, colocando-me no chão.

"Por mais que eu queira passar o resto da vida te beijando..."

Meu coração pulou no peito ao ouvir aquilo. *Por que Alexander estava daquela forma?*

Desde o nosso noivado, ele vinha sendo cada vez mais amoroso e carinhoso comigo. E eu não tinha ideia do porquê.

Por mais que meu coração gritasse que talvez, só talvez, ele estivesse começando a ter sentimentos românticos por mim, a razão sempre gritava mais alto, abafando qualquer mísera esperança que tivesse brotando em mim.

Não podia criar falsas expectativas. No final de tudo, quem acabaria fazendo papel de trouxa e tendo o coração partido em milhões de pedacinhos seria eu.

— Amor? Sophie? — Alexander balançava a mão em frente ao meu rosto. — Você anda muito aérea ultimamente... Quer conversar? — perguntou ele, voltando a se sentar na cadeira giratória e me pondo em seu colo.

Respirei fundo e encaixei minha cabeça na curva do seu pescoço.

— Eu sei, eu sei... Com nosso casamento chegando, estou ficando atordoada com tantas coisas para fazer! — Ele ia falar alguma coisa, mas eu continuei. — E eu ainda nem escolhi o meu vestido de noiva! Gigi está ficando louca. Acho que ela já desenhou mais de catorze modelos!

E estar apaixonada por você me deixa mais atordoada ainda, pensei.

— Você não pode ficar assim, meu amor. Precisa tirar algum tempo para relaxar. Daqui a pouco, você vai acabar enlouquecendo de verdade, e vou precisar te colocar na ala psiquiátrica do hospital! — afirmou ele, passando as mãos por meus ombros. — Quanto ao nosso casamento... Se você acha que não está aguentando resolver tudo sozinha com a cerimonialista, peça ajuda a sua mãe, a minha mãe ou a alguma das meninas. Tenho certeza de que Maddie adoraria ajudar!

— Vou dar meu jeitinho! Mas e aí? Como anda esse discurso? — perguntei risonha enquanto minhas mãos acariciavam vagarosamente sua nuca.

— Péssimo! — lamentou-se ele. — Não consegui escrever nada além de "Boa noite".

Sem conseguir me segurar, caí na gargalhada.

— Então vou parar de te atrapalhar. Vou lá dar uma ajuda para nossas mães. E, por favor, não arranque todos os seus fios de cabelo!

Ele assentiu com a cabeça e me beijou antes que eu saísse do consultório para retornar à sala de reuniões. Ao chegar, ocupei a cadeira livre ao lado de Ana, e passamos quase duas horas e meia discutindo como tudo aconteceria no decorrer da noite.

Quando a reunião chegou ao fim, resolvi checar alguns pacientes antes de ir para casa me arrumar. Por sorte, todos estavam bem e a maioria não teve complicações nos pós-operatórios.

Já estava me direcionando à saída do hospital quando recebi uma ligação de Margareth. Ela pediu que eu fosse correndo até meu consultório, pois era um assunto urgente.

A enfermeira não deu nenhum tipo de detalhe. Mas ela nunca me ligaria assim se não fosse algo importante. Alguma coisa em sua voz me dizia que ela estava extremamente preocupada. Atropelei dezenas de pessoas pelo caminho e consegui chegar à minha sala em tempo recorde.

Abri a porta do consultório e encontrei Margareth de costas para mim. Ela balançava algo em seu colo. Era como se estivesse ninando um... Um bebê.

— O que aconteceu? Eu vim o mais rápido que pude! — falei totalmente aflita enquanto adentrava o cômodo. Margareth se virou de frente para mim, mostrando que minha suspeita estava certa. Ela realmente segurava um bebê em seus braços.

Arregalei os olhos ao constatar que a criança era, na verdade, um recém-nascido. Pude ver que ainda havia manchas de sangue no fino cobertor que o envolvia e no seu rostinho angelical. Era, sem dúvidas, a criança mais linda que eu já tinha visto na minha vida. O pouco cabelo que recobria sua cabeça era castanho como o meu. Seu nariz era perfeitamente arrebitado.

— Ele... Ele estava numa... Numa caixa. Eu estava indo embora e tinha... Tinha uma caixa ao lado do meu carro. Mas quando abri a porta do carro, eu ouvi um choro. E tinha um bebê dentro da caixa! Hoje é a festa do hospital e eu não queria alarmar a imprensa... — contou Margareth com a voz trêmula.

Olhei para suas mãos e vi que elas tremiam. Mas não era sem motivo! Alguém havia deixado uma criança, um recém-nascido, numa caixa. EM UM ESTACIONAMENTO!

Respirei fundo e estendi os braços para pegar o bebê do colo da enfermeira. Ela me deu a criança de bom grado e limpou o suor que havia escorrido por sua testa.

Não sei como nem por quê, mas, no momento em que peguei o recém-nascido no colo, senti algo que nunca havia sentido antes. Era uma mistura de medo, carinho, afeto e um desejo louco de proteger aquele pequeno ser durante o resto da minha vida.

— Marga, respira fundo e solta devagar. Preciso que você se acalme — pedi, e, quando vi que ela estava mais relaxada, prossegui: — Se você tiver condições, eu queria que você, por favor, fosse até a sala do Alexander e dissesse para ele vir até aqui com todos os instrumentos para examinar um recém-nascido. Não diga o porquê... Só diga a ele que estou precisando de ajuda.

Ela assentiu com a cabeça e saiu apressada da sala, deixando-me sozinha com o bebê.

Como alguém teria coragem de fazer isso com um serzinho tão inocente? Tão carente de proteção? Como alguém seria capaz de colocar uma vida tão linda à mercê do mundo em que vivemos?

Sentei-me em minha cadeira e olhei o pequeno pedaço de vida, completamente encantada. Se ninguém iria proteger aquela criança, naquele momento, eu havia prometido a mim mesma que iria até os confins do mundo para me certificar de que ela estava bem.

Foi então que o bebê começou a chorar. Levantei-me da cadeira com cuidado e ajeitei o recém-nascido no meu colo antes de começar a cantar qualquer música que passasse pela minha cabeça.

Ouvi a porta abrir e, desesperada de medo de ser alguém além de Margareth e Alexander, quase chorei de alegria ao ver meu noivo parado ali, olhando para mim com espanto.

— Er... Amor? Você quer me contar alguma coisa? — perguntou, estranhando a situação em um tom de brincadeira.

— Isso lá é hora de piadas, Alexander! Deixaram esse amorzinho dentro de uma caixa no estacionamento aqui do hospital! — sussurrei, com raiva.

Alexander arregalou os olhos, incrédulo.

— Como assim? Isso é sério? — questionou, aproximando-se de mim e colocando a mão sobre a minha, como se também estivesse tentando proteger o bebê.

— Nunca falei tão sério na minha vida, Alex. Pedi que você viesse até aqui porque não confiaria em outro pediatra para examinar esta criança.

— Você acha que podemos ir até a minha sala? Preciso de algumas coisas que não tenho como trazer — avisou ele, inseguro. — Minha sala é aqui do lado. É só checarmos se não tem ninguém no corredor. Já pedi para Margareth deixar tudo preparado por lá! — completou Alexander, afastando o lençol para ver melhor o rosto do bebê.

Quando seus olhos foram de encontro aos da criança, agora abertos e exibindo um lindo tom castanho, a expressão carregada de tensão no rosto do meu noivo se suavizou e um pequeno sorriso se em seus lábios.

— Não é a criança mais linda que já viu? — perguntei, cada vez mais apaixonada pelo olhar que Alexander lançava àquele bebê.

— É... É sim! — sussurrou ele, parecendo incerto em relação a alguma coisa.

— Você quer segurá-lo? — ofereci, sorrindo suavemente.

— Quero.

Coloquei o embrulhinho no colo de Alexander com todo o cuidado. Meus olhos já estavam começando a arder por conta das lágrimas que brotavam. Ver o homem da minha vida tão encantado, tão derretido, tão protetor naquelas circunstâncias só me fez amá-lo ainda mais. O fato de que aquele bebê poderia ser nosso filho, se julgássemos apenas pela aparência, foi essencial para que Alexander parecesse, realmente, um pai.

Um pai amoroso, um pai carinhoso, um pai amigo, um pai acolhedor. O pai que eu sempre desejei para os meus filhos.

Sem aguentar, dei um beijinho na bochecha dele.

— Você parece um pai, meu amor... — Não conseguindo dobrar minha língua, acabei dando voz aos meus pensamentos.

— Tem certeza de que esse bebê não é nosso? Ele parece muito com a gente! — brincou ele, desviando rapidamente o olhar do rosto da criança para me encarar.

— Infelizmente, tenho. Não estive grávida nos últimos nove meses e nós nunca... — Fui interrompida pela fala do meu noivo, que parecia ver algo de errado com o recém-nascido.

— O que é isso? — perguntou, mostrando-me que havia um papel enroscado nas dobras do cobertor.

Alexander leu o bilhete e o estendeu para mim, ficando com uma aparência confusa. Em uma caligrafia composta por garranchos, estava escrito "05/05/2017".

— É o dia de hoje! Cinco de maio de dois mil e dezessete — respondi, ainda mais transtornada. O que aquilo poderia significar?

E então uma ideia me ocorreu. Pedi que, ainda segurando a criança, Alexander afastasse o bebê do seu peitoral para que eu pudesse abrir seu cobertor.

Além de descobrirmos que ele era um garotinho, nós também constatamos que a data no papel era referente ao dia de nascimento do bebê, o que me fez cair no choro ao imaginar o que poderia ter acontecido com aquele menino se Margareth não o tivesse encontrado.

— Assim que eu terminar de examiná-lo, nós vamos falar com o conselho tutelar! — anunciou Alexander.

Por algum motivo ainda desconhecido por mim, só de pensar em ficar afastada daquela criança, meu coração ardeu. Como eu poderia estar tão apegada a alguém que mal havia chegado ao mundo e que tinha passado tão pouco tempo comigo? Como eu poderia sentir tanto afeto por alguém tão pequeno, indefeso e que havia acabado de entrar na minha vida?

Abri a porta devagar para ver ser tinha alguém no corredor. E, após me certificar de que não havia ninguém ali, fiz um sinal com a mão para que Alexander me seguisse.

Fomos apressados até seu consultório e, após fecharmos a porta, vi que Margareth já havia arrumado tudo para o exame.

— Sophie, amor, a Marga vai te ajudar a desenrolar o cobertor do bebê, está bem? — avisou Alexander quando eu recuei ao ver que a enfermeira ia pegar o embrulhinho do meu colo.

Muito hesitante, assenti com a cabeça e, juntas, Margareth e eu tiramos a criança de dentro do cobertor.

O bebê abriu o berreiro e minha primeira reação foi colocar sua cabecinha em meu peito e acalentá-lo com palavras carinhosas do mesmo modo que eu havia visto Annie fazer com Theo, do mesmo modo que uma mãe amorosa faz com seu filho.

Para minha surpresa, o garotinho foi se acalmando aos poucos até se calar por completo, fazendo-me abrir um sorriso de alívio.

Alexander pegou o bebê dos meus braços depois de ter certeza de que eu não iria recuar e pediu que eu me sentasse em sua cadeira para ir anotando tudo o que ele ditava. Ele foi me dando as informações enquanto eu ia preenchendo a ficha em branco.

— Ah, meu Deus... — Ouvi meu noivo murmurar em vez de ditar mais alguma coisa.

— O que está acontecendo aí, Alex? Por que você falou isso? questionei, preocupada.

— Calma, meu amor. Não é nada sério... Ao menos não no caso do nosso amigo aqui.

Alexander diagnosticou o bebê com icterícia neonatal.

Mas não era um caso grave. O grau de icterícia do bebê era, por sorte, moderado de acordo com Alexander. O tratamento para aquele caso duraria algumas semanas, no máximo um mês. Banho de sol todos os dias antes das dez da manhã e depois das quatro da tarde fazia parte do tratamento.

— Como vamos manter o bebê aqui no hospital sem uma documentação? Ele não tem nenhum familiar nem responsável e nem mesmo um nome! — exclamei enquanto observava Margareth limpar o recém-nascido delicadamente, tirando os restos de sangue que estavam nele.

— Isso já não é conosco, Sophie. Vou ligar para o conselho tutelar agora! — respondeu Alexander enquanto procurava algo no *Google.*

Provavelmente estava buscando um telefone para contatar o conselho tutelar.

— Não! — irrompi em voz alta. — Se chamarmos o conselho tutelar agora, vamos atrapalhar o tratamento do bebê com aquela burocracia sem fim!

— Mas nós não podemos manter essa criança aqui, Sophie! Não sem uma documentação — retrucou Alexander, pegando o telefone fixo do consultório e começando a digitar um número.

Eu não iria deixar que tirassem aquele garotinho de perto de mim. Não agora que ele havia sido diagnosticado com icterícia e precisaria de não só muito cuidado, mas também muito amor. E aquele papel era meu.

— Você não vai ligar para conselho nenhum, Alex! — determinei, decidida.

— E o que sugere que a gente faça? — quis saber ele, parando de apertar os números nos dígitos do telefone.

— Ele vai para minha casa até que esteja curado!

— O QUÊ? VOCÊ FICOU MALUCA, SOPHIE? Isso é crime! Você pode perder sua licença médica ou até mesmo ser presa! — exasperou-se Alexander, levantando-se da cadeira e aproximando-se de mim.

— Você não entenderia! Alguma coisa me diz que chamar o conselho só vai atrapalhar. E eu sinto que esse bebê precisa de alguém nesse momento! *Essa criança precisa de mim!* — exclamei, ficando irritada com Alexander. Ele simplesmente não podia fazer isso comigo ou com aquele bebê.

— Não posso te deixar cometer um crime por causa de uma criança que não sabe nem de onde veio! — declarou ele, impassível.

— Se não vai entrar nessa comigo, pelo menos mantenha a boca fechada e não diga nada a ninguém! Sei que posso contar com seu silêncio, não posso, Marga?

Virei o rosto para olhar a enfermeira, que confirmou com a cabeça. Sua expressão me dizia que eu fazia a coisa certa.

— Se não vai fazer isso comigo, Alexander, o problema já não é seu! Mas eu vou levar esse bebê comigo. Seja com ou sem você...

Capítulo 13

This love is good,	Esse amor é bom,
this love is bad	esse amor é mau.
This love is alive	Esse amor está vivo,
back from the dead, oh	de volta dos mortos.
These hands had	Essas mãos tiveram
to let it go free	de deixá-lo ir.
And this love came	E esse amor voltou
back to me, oh	para mim, oh...

Taylor Swift, "This Love"

Naquela noite, cheguei a minha casa com lágrimas borrando minha visão, uma bolsa cheia de coisas no ombro e um bebê adormecido em meu colo.

Entrei no meu quarto e, após forrar a cama com o cobertor que Margareth havia conseguido, deitei o recém-nascido, seguindo as orientações que tinha aprendido na cadeira de pediatria durante a faculdade.

Deixando a porta do quarto aberta, para o caso de o garotinho chorar, fui até a cozinha preparar uma mamadeira com a fórmula que peguei da ala neonatal do hospital.

Enquanto testava a temperatura do leite em minha pele, assustei-me quando ouvi um choro alto. *Preciso me acostumar com isso*, pensei já indo ao socorro do meu bebê.

Era tão natural e tão bom me referir àquele bebezinho como meu... O pensamento aquecia meu coração e fazia com que ele quase transbordasse de amor.

— Tudo bem, meu amor... Já estou aqui — sussurrei, pegando o nenê na cama e embalando-o nos meus braços. — Você está com fome? É isso? — continuei aos sussurros, percebendo que o som da minha voz o acalmava.

Destampei a mamadeira e coloquei o bico de silicone na sua boquinha rosada com um pouco de medo, já que seria a segunda vez que ele mamava, e a primeira vez que eu o alimentava.

— Sophie? E-eu... Como assim? O que está...? Ah, meu Jesus! — A voz de Maddie soava chocada e seus olhos demonstravam um completo espanto. Eu não poderia imaginar situação pior para ela aparecer.

Percebendo que minha amiga estava com a respiração pesada, pedi que ela se sentasse na cama, ao meu lado, para que eu pudesse explicar tudo.

— O bebê estava sozinho? Numa caixa? — questionou Maddie, como se estivesse assustada com as próprias palavras, e, de certa forma, aquelas palavras assustariam a qualquer um.

Eu apenas confirmei com a cabeça, ajeitando a posição do neném para que ele pudesse arrotar.

— Devo matar o meu irmão? — Ela ergueu as sobrancelhas, esperando ansiosamente a minha resposta.

— Alexander só está preocupado com a minha carreira, amiga. Se descobrirem que estou com um bebê sem nenhuma documentação em casa, eu posso perder minha licença médica... — comentei, acariciando os finos cabelos castanhos da criança em meu colo.

Maddie logo quis saber sobre a festa de inauguração. Afinal, eu não tinha condição alguma de sair de casa naquela noite, e provavelmente não teria como sair de casa por algum tempo.

— Diga à minha mãe que estou doente. Pode ser bem dramática, mas sem exageros. Não quero que ela venha aqui. Na verdade, qualquer pessoa que apareça aqui pode me causar problemas... — pedi, colocando o bebê de volta na cama.

Depois de convencer Maddie a olhar o bebê por alguns minutos, saí do quarto para tomar um banho. Quando terminei, o garotinho continuava a dormir calmamente. Fiquei observando-o por um tempo, admirando cada pedacinho daquela criança tão linda e tão inocente que mal havia chegado ao mundo mas já havia passado por tanta coisa.

Com um pijama confortável, preparei algo para jantar e vi Maddie saindo pela porta de casa depois de dar um beijo no seu "sobrinho", como ela mesma havia chamado o bebê. Ainda consigo me lembrar das suas exatas palavras: "Tem certeza de que esse filho não é seu? Das duas, uma: ou você fez cursos de maternidade ou você é mãe desse bebê!".

Não... Dessa vez Maddie estava errada.

Eu não havia me formado em medicina por acaso. Havia um motivo maior que tudo: cuidar de pessoas e salvar vidas.

Talvez... *Não!* Com certeza é apenas o meu instinto médico se manifestando.

Fui ao meu quarto e peguei a criança para levá-la à sala, já que eu queria estudar alguns prontuários que estavam no meu computador.

Quando escutei o barulho das chaves, raciocinar foi difícil, ainda mais com um bebê se acalentando em meu peito. Alexander já entrava pela porta do meu apartamento com uma malinha azul e uma sacola nas mãos.

— Se veio aqui para discutir, tem alguém que realmente precisa de mim agora e... — comecei a falar, mas ele me interrompeu com um aceno de cabeça.

— Não vim aqui para brigar, meu amor. Comprei fraldas e passei na casa de Annie e Phin agora há pouco para buscar algumas coisas de quando Theo era recém-nascido. Não! Eu não falei nada sobre o camaradinha aí. Disse que uma criança no hospital precisava de doações urgentes. E Annie foi maravilhosa o suficiente ao ponto de dar um berço portátil, daqueles de colocar sobre a cama. Disse a eles que eu não iria para a festa, e já liguei para minha mãe avisando que estou "doente".

Deixei algumas lágrimas caírem e me aconcheguei nos seus braços quando ele se sentou ao meu lado no sofá.

— O que vamos fazer? — perguntei entre um suspiro e outro. — A gente não tem como se esconder para sempre, Alex. Se alguém aparecer aqui, estamos completamente ferrados!

Alexander limpou minhas lágrimas com cuidado para não acordar o bebê e plantou um beijinho delicado nos meus lábios.

— Nós vamos dar um jeito, ok? Nós sempre damos o nosso jeitinho em tudo e não vai ser diferente agora.

Depois de vários minutos em silêncio, Alexander saiu do sofá e foi arrumar as coisas para o neném no meu quarto — que, de acordo com meu noivo, seria *nosso*. Fiquei na sala olhando cada pedacinho e cada um dos detalhes daquela criança aninhada nos meus braços.

Sem perceber, eu já estava chorando novamente. Mas, dessa vez, chorava de emoção. *Meu bebê... Meu garotinho...*

Ele não é seu filho, Sophie! Pare de agir como uma mãe! Pare de agir com o coração.

— Amor, traz o bebê aqui para o quarto! Já arrumei o berço dele. — A voz de Alexander parecia ecoar pelo apartamento. Naquele momento, eu estava sozinha com aquele anjinho.

Como era possível que meu coração se enchesse de afeto apenas com a visão de suas mãozinhas me apertando e seus olhinhos me procurando?

A realidade me atingiu com força, cortando fundo na minha alma. Aquele bebê não era meu. Não era meu filho. E eu precisava me acostumar com a ideia de que, em algumas semanas, ele não estaria mais comigo.

Mas, enquanto ele estivesse ao meu lado, eu iria protegê-lo com todas as minhas forças. Não deixaria que nada nem ninguém o machucasse ou fizesse algo contra ele. Iria cuidar dele como se fosse meu próprio filho.

E talvez, só talvez, eu pudesse ser a mãe que aquele bebê precisava... Talvez, de algum jeito, eu pudesse ser sua mãe.

∞

De acordo com as mentiras que vínhamos contando a todos, Alexander e eu estávamos doentes, infectados com *Chikungunya*. Com isso, nós nos livramos de visitas inoportunas dos nossos pais ou de qualquer pessoa que pudesse aparecer, e fomos liberados do hospital por um tempo. Para não corrermos mais nenhum risco, Maddie havia se mudado para o apartamento de Alex e Gabriel.

E sobre as noites... Bem, nos dez últimos dias as noites em casa tinham sido bem movimentadas.

Não faço ideia de quantas vezes me peguei dormindo pelos cantos do apartamento por acidente. Era difícil me manter acordada mesmo com uma boa dose de café.

Minha casa estava de cabeça para baixo, com coisas de bebê por todos os lugares possíveis. Tanto eu quanto Alexander estávamos com olheiras fundas e pálpebras inchadas. Meu jaleco havia sido substituído por um short jeans velho, ligeiramente frouxo e uma camisa que acabei roubando do meu noivo quando eu estava cansada demais para procurar uma blusa confortável para vestir.

Às vezes eu não sabia se dormia, comia ou tomava um banho. Porque era fato: em todos os momentos que eu tentava fazer um dos três, era interrompida por um choro alto e insistente. E eu ia. Mesmo extremamente cansada, eu parava qualquer coisa que estivesse fazendo para acalentar aquele garotinho no meu colo.

Todo o esforço estava valendo a pena, uma vez que os sinais da icterícia apresentados pelo bebê estavam sumindo.

Olhei para o neném adormecido no peitoral de Alexander enquanto assistíamos a um seriado na Netflix, deitados na minha — nossa — cama. Eu poderia passar o resto da vida olhando para aqueles dois juntos.

— Acho que deveríamos escolher um nome para o pequeno, não acha? — disse Alexander aos sussurros para não acordar o bebê. — Quero dizer, ele já está conosco há mais de uma semana. E ainda não tem um nome.

Isso era verdade. Mas, no meu íntimo, aquela criança já tinha um nome definido fazia uns dias.

— Nicholas. — Ergui a cabeça para poder encarar Alexander. Ele tinha um sorriso discreto, porém genuíno, no rosto.

— Você dizia que quando tivesse seu primeiro filho, iria chamá-lo de Nicholas. Se lembra disso? Acho que devíamos estar acabando o Ensino Fundamental... — comentou ele, os olhos ansiosos por uma resposta. E sim, eu me lembrava disso.

Eu estava apaixonada pela minha nova rotina. Ou melhor, pelo mais novo integrante dela. Muitas coisas já não eram as mesmas na minha rotina e no meu coração... Já não conseguia fazer coisas como antes. Desde as mais simples, como tomar um banho quente demorado até os sonhos que brincavam com meus sentimentos.

Nicholas havia transformado completamente toda a minha vida sem que eu percebesse. Ele havia me ressignificado. E meu maior desejo era que ele seguisse fazendo essas mudanças em mim. Porque antes eu achava que entendia as coisas do mundo... *Quem me dera.*

Segurá-lo em meus braços era melhor do que qualquer hora no centro cirúrgico. Ver seus olhinhos me procurando era mais incrível do que qualquer viagem que eu fizesse. Sentir sua pele em contato com a minha era mais gratificante do que qualquer presente que me dessem. Passar noites velando seu sono era mais empolgante do que qualquer ida à uma boate.

Porque, antes de tê-lo na minha vida, eu achava que sabia o que era amar... Achava que sabia o que era sofrer com e por alguém, mas só descobri isso de verdade quando chorei com ele durante uma madrugada de cólica.

Eu tinha certeza de que amor como aquele não existia.

Recordo os tempos em que minha mãe tentava explicar com palavras o quanto ela me amava. Ela dizia: "Quando você tiver seus filhos, vai entender o que estou falando, meu amor.". Ela nunca esteve tão certa...

Porque, antes de Nicholas entrar na minha vida, eu não sabia como era ser mãe. E agora eu finalmente sabia. Eu finalmente entendia todas as coisas do mundo.

Mantendo os olhos presos nos de Alexander, respirei fundo para tomar coragem e falei:

— Eu me lembro. E, do jeito que eu queria, as coisas aconteceram.

Ele pareceu confuso, mas não me demorei em continuar, dessa vez, com a voz firme:

— Quero adotá-lo, Alexander. Quero ser mãe e dar todo o amor que cabe em mim para esse bebê, amor. Eu já me sinto mãe, sabe? Eu quero poder sentir esse amor incondicional, que parece transbordar de mim, para o resto da minha vida. Nicholas me mudou muito. Ele me fez mãe.

Depois de ficar imóvel por alguns segundos, Alexander colocou Nicholas no berço sobre a cama e saiu do quarto sem dizer uma palavra sequer.

Quase entrando em desespero pelo seu ato tão seco, segui seus passos em direção à sala e o vi digitando números no seu celular. Ele não podia estar fazendo aquilo comigo.

Então, acabei agindo com a primeira ideia que passou pela minha cabeça: pegar o aparelho da sua mão e encerrar a chamada.

— Ficou louco? Não ouviu o que acabei de falar? — berrei quando vi que a ligação era destinada ao conselho tutelar.

— Na verdade, eu ouvi, sim! E acho que a única louca aqui é você. Como pode arriscar toda a sua carreira assim? Você sonhou com a medicina desde a infância! E vai simplesmente jogar fora tudo o que conquistou até hoje por causa de um bebê? Acho que nunca te conheci de verdade, Sophie.

Com as lágrimas já escorrendo por minhas bochechas, não tive ação nenhuma ao vê-lo pegar a jaqueta de cima do sofá e as chaves do carro e passar pela porta do apartamento, deixando-me aos prantos no chão. E cercada por um medo desesperador.

Capítulo 14

Not really sure	Não tenho muita certeza
how to feel about it	de como devo me sentir
Something in the way	Algo no jeito
you move	de você se mexer
Makes me feel like I can't	Faz me sentir como se eu não
live without you	pudesse viver sem você
It takes me all the way	Isso me leva o tempo todo
I want you to stay	Eu quero que você fique.

Rihanna, "Stay"

(Narração de Alexander Dantas Ferraz)

EU SIMPLESMENTE ODIAVA AGIR ASSIM, principalmente sabendo que estaria magoando Sophie. Mas ela estava agindo pela emoção, estava pensando com o coração e não com a cabeça. E, se ela agia com a emoção, eu sabia que precisava agir com a razão daquela vez.

Tentei tirar Sophie dos meus pensamentos durante o trajeto do carro. Já era difícil o suficiente afastá-la da minha cabeça quando tudo estava bem. E só tive a certeza de que, quando o mundo está desmoronando, a tarefa é ainda mais complicada de se realizar.

Por sorte, o edifício de Phin e Annie não era tão distante do apartamento de Sophie, e, em menos de vinte minutos, eu já estava estacionando na vaga de Annie, que só chegaria do trabalho perto das nove da noite, ou seja, eu ainda tinha algumas horas antes de ser enxotado.

Depois de tocar a campainha e esperar impacientemente que Phin abrisse a porta, adentrei o apartamento, sendo alvo do olhar surpreso do meu amigo que claramente esperava por respostas.

— Depois de quase duas semanas você se lembrou que tem amigos? — perguntou em tom de brincadeira. — Não te vejo desde aquela noite da festa de inauguração. E, por falar nisso, como está a criança que precisava das doações? Está melhor?

— É uma história longa demais — confessei, sentando-me no sofá. — E quanto à criança... Minha noiva quer adotá-la.

Ele franziu a testa, como sinal de quem não havia entendido nada.

— Cara, está tudo bem? Eu realmente não estou entendendo nada — comentou com a voz séria.

Respirei fundo e relatei tudo o que havia acontecido. Desde o momento em que Margareth tinha aparecido na minha sala dizendo que Sophie precisava de mim até o momento em que ouvi aquelas palavras tão fortes saindo da boca da minha noiva.

— Eu sinceramente não sei o que te dizer. Mas pode me responder o porquê de ter vindo até aqui? — quis saber Philipe enquanto checava a babá eletrônica que mostrava um Theo adormecido.

— Nem eu sei — respondi, encostando a cabeça no braço do sofá.

— O que você sente? — Ele fez outra pergunta, mas deixei que o silêncio respondesse. — O que você sente quando está com o Nicholas? — questionou, especificando mais a pergunta.

— O que sente quando está com o Theo? — retruquei, encarando meu amigo enquanto esperava por uma resposta.

— O mundo para. E tudo o que importa é estar com ele. Tudo o que importa é amá-lo e estar ali para ele. Eu sinto que, a cada dia que passa, preciso me esforçar mais para ser alguém melhor e, assim, ser um pai melhor. Meu filho é tudo para mim. E ver a alegria e o amor que a minha esposa sente quando estamos os três juntos só me faz amar o Theo ainda mais. Ser pai é isso! É preparar os filhos para a vida e estar ao lado deles independentemente de todas as coisas que venham a acontecer — declarou Phin de uma vez.

Pude ouvir a verdade de cada palavra dita por ele. Não só porque eu sabia que era assim que ele se sentia, mas, também porque alguns dias antes, ao observar Sophie acalentar Nicholas com sua música favorita do Ed Sheeran, eu havia sentido exatamente tudo o que Phin descrevera. Eu havia passado a ser um pai sem ao menos ter noção disso. E, agora, eu entendia Sophie.

— Você sente isso também, não sente? — Ele me encarou com expectativa.

Eu apenas confirmei com a cabeça, sem saber o que dizer.

— Então, me sinto no dever de dizer que *você é pai!* Você é pai, cara! E se tornou um sem intenção alguma. Isso só prova que é verdadeiro. — Phin fez uma pausa. — Não perca essa chance, irmão. Se você deixá-la passar... Tudo o que vai te restar a fazer é lamentar e se arrepender pelo resto da vida.

Sem pensar duas vezes, saí de modo extremamente apressado do apartamento de Philipe.

Algumas pessoas dizem que temos o poder de escolher nosso próprio destino. E o meu já havia sido escolhido.

Capítulo 15

No, there's nothing	Não, não há nada
that I wouldn't do	que eu não faria
To make you feel my love	Para você sentir o meu amor

Adele, "Make You Feel My Love"

O tempo que sucedeu à saída de Alexander parecia, quero dizer, *foi* uma tortura sem fim.

Foi tortura porque eu não sabia o que fazer. Foi tortura porque eu não conseguia acreditar que Alexander havia feito aquilo. Foi tortura porque eu estava prestes a perder o meu filho. Foi tortura porque, pela primeira vez, o meu porto seguro, meu consolo, havia se transformado na minha maior dor.

E, o pior de tudo, era o sentimento devastador que havia tomado conta de mim. Tal sentimento poderia ser chamado de traição. Eu me sentia verdadeiramente traída pelo amor da minha vida. Como ele teve coragem de tentar me tirar o que mais amo depois do que falei? Como ele teve a capacidade de destruir o meu maior sonho? E o que mais me assombrava era: por que Alexander estava disposto a levar o presente que mais desejei na minha vida para longe de mim?

Quase derrubei a xícara de chá que eu tomava quando meus pensamentos foram abruptamente interrompidos pelo choro de Nicholas, que aparentemente tinha acordado do seu sono.

Fui correndo até meu quarto e tirei o neném berrante do berço, aninhando-o em meu colo rapidamente.

— Calma, meu amor. Shh... Shh... Mamãe está aqui — sussurrei, colocando a chupeta verde na sua boca, observando que ele a sugava com força. — Você está com fome, não está? Vou preparar sua mamadeira, tá?

Com certa habilidade, consegui colocar Nicholas no *sling* que Maddie havia nos dado de presente no segundo dia do bebê em casa. Preparei a mamadeira e coloquei-a na boquinha rosada do meu filho, que, após terminar de comer, caiu no sono outra vez.

Deitei-me na cama com Nicholas sobre minha barriga e peguei um livro qualquer que estava na cabeceira. O livro era tão interessante que só notei a presença de mais alguém no apartamento quando minha porta ia sendo aberta aos pouquinhos.

Medo e desespero voltaram a tomar conta de mim. E esses sentimentos logo foram substituídos por mágoa e raiva no segundo em que meus olhos encontraram os de Alexander, que, para minha surpresa, estava sozinho.

— Veio aqui me dizer que tem alguma pessoa do conselho tutelar na minha sala esperando para levar meu bebê? Ou você mesmo vai fazer o trabalho? — perguntei secamente.

Sem responder, Alexander abriu a jaqueta e tirou de dentro dela um grande envelope amarelado, do tipo que normalmente é usado para carregar documentações, e me entregou.

— Se isso for alguma ordem judicial, pode sair daqui e levar essa porcaria de envelope para longe de mim! — resmunguei, negando-me a pegar o papel de sua mão.

— Será que você pode parar de ser tão teimosa, me dar o bebê e abrir esse maldito envelope? Me deixe consertar as coisas, amor... — pediu ele calmamente e estendeu os braços para que eu entregasse Nicholas a ele e pegasse o envelope.

Detesto admitir o quanto ouvi-lo me chamando de "amor" amoleceu meu coração. Mesmo relutante, coloquei meu filho em seus braços e tirei o adesivo com o brasão de um cartório muito conhecido por mim. Era o cartório em que acompanhei Philipe para registramos Theo.

As minhas mãos, trêmulas, abriram o envelope lentamente e tiraram o que aparentava ser algum tipo de documento. Um documento que mudaria o resto das nossas vidas. Mas não qualquer documento...

O papel em minhas mãos nada mais era do que a certidão de nascimento do, agora, *Nicholas d'Ávilla Ferraz.*

Perdi o fôlego e acho que entrei em estado de choque.

— Eu te amo — sussurrou ele com lágrimas nos olhos. — Tenho te amado há mais tempo que posso imaginar. Amo o nosso filho. E meu maior sonho sempre foi construir uma família ao lado da mulher da minha vida... Ou melhor, ao seu lado. Você vem sendo o meu sonho desde sempre, Sophie. E poder estar com você é mais incrível do que eu conseguiria explicar com as minhas palavras. Você é perfeita em tudo o que faz. E, o mais importante, você é perfeita para mim. Por mais que não perceba...

Acabei sorrindo discretamente e ele continuou:

— Estar com você me faz feliz, segurar sua mão me completa, te beijar aquece meu coração e te ver sendo mãe de um jeito tão natural me faz transbordar de amor de um jeito que eu mesmo não entendo.

Eu mal sabia que aquele testamento maluco era a chave da minha felicidade. Eu te amo, amor. Mais do que um dia eu amei alguém. Mais do que você é capaz de imaginar.

Nicholas se agitou nos braços do pai e ia começar a chorar quando Alexander encarou o bebê, o olhar transbordando ternura, e sussurrou:

— Calma, filhão... Ei, ei! Não precisa chorar... Papai e mamãe estão aqui. E nós te amamos muito!

E nós também te amamos, papai...

Capítulo 16

Two strangers	Dois estranhos
Learn to fall	Aprendem a se
in love again	apaixonar outra vez

Journey, "Faithfully"
(Versão *Glee Cast*)

— QUAL É O NÚMERO DO VOO? — perguntou Alexander enquanto seguia na direção do televisor com os desembarques do Aeroporto de Guarulhos.

Tirei o celular da bolsa e, no momento em que acessei o grupo de *WhatsApp* da nossa família com todos os dados do voo, escutei as vozes dos meus sobrinhos berrando um sonoro "Tia Sô!".

Samuel, por ser o mais velho, correu com mais rapidez e agarrou minha perna. Alice vinha logo atrás com seus passinhos apressados, imitando o irmão e agarrando a outra perna.

— Oi, pirralhos da titia! Como foi a viagem? Deram muito trabalho para a mamãe e para o papai? — perguntei agachando-me para abraçar os dois. Enchi-os de beijos e logo ouvi alguém pigarrear.

— Oi, *sista*! Ainda lembra de mim? Ou só dos meus filhos?

Elena sorria abertamente e logo levantei-me para abraçá-la com força. Sem querer, acabei deixando as lágrimas caírem.

— Senti tantas saudades... — sussurrei para que só ela escutasse.

— Eu também, *sista* — respondeu ela, segurando meu rosto com as mãos.

— Você anda dormindo direito? Com essas olheiras, parece que voltou para a faculdade! — comentou, arqueando as sobrancelhas.

— Ah! É só que eu... — Nem sabia direito o que falar.

Nicholas, que estava na minha casa com Maddie, era a razão das minhas olheiras. Mas minha família não fazia ideia disso. Eu esperava o momento certo para contar tudo o que havia acontecido, mas parece que o tal momento ainda não havia chegado.

— Tia Sô! Não vai falar com o seu cunhado favorito? — perguntou Daniel, marido de Elena, fingindo estar bravo. Porém logo abriu um sorrisão quando o abracei e eu agradeci aos céus pela sua interrupção.

— Espere até Maddie ouvir você dizer que é meu cunhado favorito... — brinquei, pegando Alice no colo.

— Ainda não acredito que estão vindo para morar! Foi tudo tão rápido... — comentei, observando Alexander ajudar Daniel com as bagagens.

— Na verdade, faz um tempo que tomamos a decisão de vir para São Paulo. O apartamento foi comprado quando estivemos aqui para o seu noivado, a arquiteta se comunicava conosco por e-mail e nossa mudança deve ter chegado há algumas semanas. Seus pais cuidaram de tudo! A única que não sabia de nada era você, Sophie. Sua irmã insistiu em te surpreender e quem sou eu para contestar... — contou meu cunhado, colocando as malas no carro que papai nos emprestou.

Meus pais não puderam buscar Elena, pois ambos estavam presos numa reunião de emergência. E eu, sem pensar duas vezes, me voluntariei para pegar minha irmã e sua família no aeroporto.

Na volta, Alexander e Daniel foram no carro dos meus pais com as bagagens enquanto Elena e eu fomos no meu carro com os meus sobrinhos. O trajeto foi tranquilo e ao mesmo tempo bem agitado com a faladeira sem fim das crianças.

Estacionamos na garagem do condomínio e os meninos subiram primeiro com as malas.

Eu esperava o retorno do elevador de modo impaciente. Tinha medo de que minha irmã iniciasse um questionário.

— Então, vocês realmente estão juntos? Tipo, juntos de verdade? — perguntou Elena, acarinhando a cabeça da filha que dormia no meu colo.

— Sim... Foi como eu te disse ao telefone. Tivemos uma briga terrível, ele saiu de casa e, quando voltou, disse que sempre me amou — respondi, tentando evitar os olhos da minha irmã, que, com certeza, estavam atentos em mim.

— Mamãe falou que vocês estavam com *Chikungunya.* Está tudo bem? — quis saber ela, pegando na mão do filho e entrando no elevador ao meu lado.

— Sim. Está tudo ótimo. Acho que foi apenas uma virose. Então, alarme falso!

— E por que tantas olheiras? — questionou Elena, dessa vez sabendo que seu marido não estava lá para me salvar de sua investigação.

— Acho que não é o melhor momento para falarmos disso. Quem sabe amanhã? Papai falou que vocês só começam a trabalhar no hospital segunda-feira. Hoje é sexta! E amanhã... — Tentei continuar, mas fui interrompida.

— Amanhã é seu casamento civil! Mas não pense que está livre de mim, *sista.* Agora teremos muito tempo para conversar.

Depois de deixarmos Elena e sua família se acomodando na nova casa, Alexander e eu retornamos para nosso apartamento, já pela noite. Quando passamos pela porta, vimos Maddie cantando, desafinadamente, uma música — que não consegui reconhecer — para o sobrinho.

Agradeci minha amiga pelo enorme favor que ela havia feito e nos despedimos com um abraço apertado.

Mais tarde, acordei com o choro de Nicholas ecoando pelo quarto. Estava prestes a sair da cama quando senti uma mão me deitando novamente. Alexander me beijou na testa e foi até o berço de Nicholas, pegando nosso filho no colo e fazendo-o dormir novamente.

Quando voltou para o meu lado, ele sussurrou:

— Amanhã é seu dia de noiva. Precisa estar bem descansada ou nem a melhor maquiadora vai conseguir esconder essas olheiras!

Revirei os olhos sorrindo e o beijei rapidamente.

— Obrigada, amor.

∞

A nossa manhã mal havia começado e já estava mais agitada do que qualquer carnaval. Nicholas estava com uma cólica que não ia embora e eu já estava debulhada em lágrimas quando Alexander saiu de casa para buscar um remédio no seu consultório, já que a nossa caixa havia acabado.

Meu filho chorava baixinho em meus braços quando a campainha tocou. *Alexander deve ter esquecido a chave de casa. Era só o que me faltava,* pensei, indo na direção da porta e abrindo-a.

Posso jurar que, por um segundo, minhas batidas perderam o ritmo e meu corpo inteiro congelou. Porque parada ali na minha porta, estava minha irmã com um olhar tão assustado quanto o meu.

— Sophie, por favor, me diga que esse bebê é o seu sobrinho, filho da Annie.

Respirei fundo e, em um sussurro, eu disse:

— Na verdade, esse é o *seu* sobrinho.

Dei passagem para que Elena entrasse no meu apartamento e pedi que ela se sentasse no sofá.

— De quem é esse bebê, Sophie? — perguntou com seriedade na voz.

Achando forças de algum lugar desconhecido, afirmei com convicção:

— É meu.

— O quê? Mas como assim é seu? Se isso for alguma brincadeira, eu juro que eu vou perder a cabeça! — A irritação era totalmente perceptível em sua voz.

— Quem vai perder a cabeça sou eu caso você não me deixe explicar! — respondi com firmeza.

E foi o que fiz.

Expliquei tudo desde o início: como Margareth havia encontrado Nicholas; a icterícia; o quanto eu me apeguei a ele; o dia em que descobri a maternidade; a discussão com Alexander; e, por fim, a certidão de nascimento.

— Isso é loucura! Loucura! — Ela se calou por alguns segundos. — Mas uma loucura linda, que só uma mãe pode entender... — declarou ela depois de um longo suspiro. — A mamãe e o papai já sabem? — questionou Elena e eu neguei com a cabeça. — *Sista,* você sabe que precisa contar o mais rápido possível para eles. Quanto mais você esperar, quanto mais demorar, pior vai ser. E além do mais... Você não deseja sair com seu filho? Levá-lo ao Ibirapuera, à casa dos avós? Não é justo com você, nem com Alexander e muito menos com seu bebê!

Elena acariciava a cabeça de Nicholas afetuosamente. Eu podia ver pelo olhar da minha irmã o quanto ela já o amava.

— Posso segurá-lo? — perguntou com insegurança.

Com um sorriso no rosto, eu coloquei meu filho delicadamente nos braços de sua tia.

— Como ele é lindo! — suspirou. — E o mais incrível disso tudo é que ele se parece tanto com você... — comentou ela, apaixonada por cada detalhe que seus olhos captavam.

Nicholas, que havia se aquietado por algum tempo, voltou a chorar, dessa vez intensamente, e a movimentar as pernas sem parar, como se tentasse aliviar sua dor. Elena colocou-o novamente no meu colo.

— Calma, filho. Papai já está voltando com o seu remédio, tá? — falei baixinho, colocando sua cabeça sobre meu ombro.

Ouvi o barulho das chaves e quase chorei de alívio ao ver Alexander com uma pequena caixa nas mãos.

— Elena? — A reação dele foi a mesma que a minha.

— Ela já sabe de tudo, amor! — tranquilizei-o, passando nosso filho para ele e lavando as mãos para aplicar o pó de funchicórea na chupeta azul de Nicholas.

— Agora vai passar, filhão! E você e a mamãe vão poder parar de chorar — disse Alexander olhando para mim com um sorriso brincalhão.

— Quando vão contar aos nossos pais? — perguntou Elena.

Alexander e eu nos entreolhamos, mas meu noivo respondeu por mim.

— Hoje, durante o almoço de comemoração do nosso casamento. Margareth ficará com Nicholas durante a cerimônia e, assim que sairmos do cartório, passaremos aqui para pegá-lo e levá-lo à casa dos meus pais.

Minha irmã apenas assentiu com a cabeça e comentou:

— Bem, a mamãe falou que agendou seu horário no salão para daqui a trinta minutos. Imagino que Alexander vá ficar com o Nicholas.

— Sim! O salão! Vou deixar algumas mamadeiras prontas. Amor, a próxima é às onze! Falta exatamente uma hora.

Dito isso, fui rapidamente para a cozinha e deixei as mamadeiras com água na medida certa e a fórmula ao lado.

Troquei meu pijama por uma roupa decente e, com meu vestido de casamento dentro de uma capa, chamei Elena para sairmos.

Dei um beijo casto nos lábios de Alexander e olhei meu filho por vários segundos até finalmente plantar um beijo na cabecinha recoberta por finos fios castanhos, para, enfim, sair de casa na companhia de Elena.

O caminho até o carro foi ocupado por um silêncio constrangedor. Mas Elena logo o quebrou com as seguintes palavras:

— Poucas pessoas fariam o que você fez, *sista.* Apenas uma verdadeira mãe teria o caráter, a bondade, o amor e a coragem de lutar por um filho, mesmo com todo o universo te impedindo de continuar. Estou orgulhosa da pessoa que você se tornou.

Minha irmã segurou minhas mãos antes de ligar o carro.

— *Isso é ser mãe.* É o nosso momento de recomeço. É quando a vida nos dá uma nova chance. É renascer. E você descobriu a maternidade do jeito mais difícil, e, ainda assim, transformou em uma coisa linda. — Ela sorria abertamente, com lágrimas transbordando dos olhos, e finalizou dizendo: — Parabéns pelo seu filho. Parabéns pela sua família. Parabéns para você que descobriu o mais puro e verdadeiro amor!

Sem conseguir dizer muita coisa, fechei os olhos e sussurrei um agradecimento com o coração cheio de alegria.

Nossa manhã passou num piscar de olhos. Sem ver o tempo passar, eu já estava arrumada, calçando as sandálias de salto e usando o vestido branco rendado.

Mamãe lutava contra as lágrimas assim como Ana. Quero dizer, assim como todas as mulheres presentes na sala. Minhas melhores amigas e minha irmã arrumavam cada fio de cabelo fora do lugar e desamassavam meu vestido a cada cinco minutos.

E, então, um frio na barriga me ocorreu. A partir daquele momento, minha vida mudaria por completo e eu não seria mais Sophie Leal d'Ávilla. Eu iria dividir o sobrenome com o amor da minha vida, tornando-me Sophie Leal d'Ávilla Ferraz. As alianças sairiam da mão direita e passariam a ficar na mão esquerda. E nós seríamos oficialmente uma família. Seríamos marido e mulher.

— Está pronta, meu amor? — perguntou mamãe, enxugando os olhos com um lencinho de papel.

— Estou. Como nunca estive antes!

Com isso, saímos do salão e fomos para o cartório.

Alexander já estava na sala onde a cerimônia ocorreria quando nós chegamos. Seus olhos se encheram de lágrimas e ele plantou um beijo carinhoso na minha testa.

— Você está linda! Completamente linda. Meu Deus, Sophie! Acho que nunca vou esquecer este dia... — declarou, pegando uma de minhas mãos e encostando os lábios nas costas dela. Eu apenas ri baixinho, envergonhada.

Meu pai se aproximou e me abraçou quase aos prantos, dizendo o quanto sua garotinha havia crescido.

Pouco tempo depois de cumprimentarmos os meus familiares, o juiz de paz entrou na sala perguntando onde estavam os noivos. Alexander e eu acenamos e o juiz abriu um sorriso.

— Prazer, sou o Dr. Danilo. — Ele apertou nossas mãos e continuou: — Estão prontos? Podemos dar início à cerimônia? — perguntou, colocando os documentos sobre a mesa.

Assentimos com a cabeça. Não sei quanto tempo se passou, pois cada minuto parecia uma eternidade. No segundo em que o juiz solicitou nossas assinaturas, caí no choro e, com as mãos trêmulas, peguei a caneta oferecida para mim.

Alexander e eu assinamos ao mesmo tempo e, quando devolvi a caneta a Danilo, que olhava de modo feliz para nós, ele disse a mim:

— Você, agora, é oficialmente Sophie Leal d'Ávilla Ferraz. E já poderá começar a assinar com o sobrenome do seu marido! As alianças, por favor — pediu Dr. Danilo.

Alexander tirou uma caixinha vermelha do bolso do blazer. Eu estranhei porque, afinal, a caixa das nossas alianças era preta. E então eu vi que aquelas não eram as nossas alianças prateadas de sempre. Essas eram de ouro. Olhei incrédula para meu futuro-marido.

— Surpresa... — sussurrou ele com um sorriso no rosto.

Trocamos alianças, o que me fez chorar ainda mais e, por fim, o juiz finalizou dizendo:

— Com a declaração que acabais de afirmar perante mim, e por receberem-se em matrimônio, eu, em nome da Lei, vos declaro casados! — E, olhando para Alexander, completou: — Pode beijar a noiva, rapaz!".

Dito e feito, Alexander puxou minha cintura e me deu um beijo digno de cinema. Todos os presentes na sala comemoraram com assovios e aplausos.

— Prazer, Dra. Ferraz. Sou o Dr. Ferraz, seu marido! — brincou Alexander quando, por falta de fôlego, interrompemos o beijo.

— Eu te amo, meu amor. Obrigada por ser meu marido — sussurrei, abraçando-o fortemente.

— E eu te amo ainda mais.

∞

Depois de nos despedirmos temporariamente dos convidados na cerimônia, Alexander e eu entramos no carro, tendo como destino meu/nosso apartamento, onde Margareth nos esperava com um Nicholas de banho tomado e vestido com a roupa que separei de modo especial para aquele dia.

Eu estava uma verdadeira pilha.

Acho que a única coisa capaz de acalmar o meu coração naquele momento era olhar meu bebê dormindo em meus braços. Meu bebê que havia chegado de modo tão turbulento para mim. Contudo, o que eu sentia por ele não poderia ser mais lindo.

Eu amava Nicholas como se o tivesse gerado, como se ele fosse meu filho biológico. Eu o amava verdadeiramente e de maneira tão extrema que às vezes me perguntava como eu conseguira viver sem ele, como soubera viver antes de tê-lo para mim. Eu já não lembrava como era a vida sem ele.

Alexander dirigia com os ombros tensos e parecia preocupado. Assim como eu.

— Você sabe que vai dar tudo certo, não sabe? E mesmo que eles não reajam bem, nós somos uma família. Nicholas é nosso filho e nada nunca vai mudar isso, ok? — declarei, segurando sua mão quando o semáforo fechou.

— Eu sei... Só tenho medo de que nossos pais fiquem chateados porque demoramos a contar. Sophie, Nicholas já tem quase um mês! — exclamou, beijando minha mão e a soltando depois para focar no volante.

Olhei para os bancos traseiros do carro, onde nosso filho continuava dormindo profundamente em seu bebê-conforto. Ninguém iria tirá-lo de mim.

O resto do caminho foi silencioso e, quando chegamos à casa dos pais de Alexander, dei um longo suspiro e peguei Nicholas no colo, segurando seu corpo com meus braços e apoiando sua cabeça em meu peito, enquanto meu marido tirava o bebê-conforto e a bolsa de maternidade azul de dentro do carro.

— Vai dar tudo certo — sussurrei no ouvido de Alexander, encarando nosso filho. Ele apenas beijou minha testa.

Subimos os degraus da entrada e, respirando fundo, Alexander empurrou a porta que já estava aberta.

A sala, que antes estava repleta de conversas paralelas, de repente ficou no mais completo silêncio. Todos os olhares se voltaram para nós, ou melhor, para o bebê adormecido em meus braços. Confusão e surpresa definiam o que se passava nas expressões de nossos familiares e amigos. Ninguém parecia entender o que estava acontecendo.

A primeira pessoa a se manifestar foi minha mãe, que se aproximou deixando sua taça de espumante na mesinha de centro.

— Filha, de quem é esse bebê? — perguntou olhando cada detalhe de Nicholas. E acho que, sem perceber, minha mãe sorriu e disse quase de forma inaudível: — Como é lindo...

— É o seu neto, mamãe. Nosso filho, Nicholas d'Ávilla Ferraz — respondi com a voz trêmula.

Mamãe empalideceu e pediu que eu repetisse o que havia dito.

— Este é o Nicholas. O mais novo integrante da nossa família. É meu filho...

— Mas como? Filha, eu já não estou entendendo nada. Você pode explicar o que está acontecendo? Por favor! — A voz de meu pai praticamente ecoou na minha cabeça.

— É uma história um pouco longa... Acho que nós poderíamos sentar, e, assim, Sophie e eu responderemos a todas as perguntas de vocês — declarou Alexander, pousando a mão nas minhas costas e me guiando até a poltrona preta, onde sentei-me ainda com o bebê no colo.

Comecei dizendo que nunca estive grávida e que, apesar disso, Nicholas era tão meu filho quanto qualquer criança que eu viesse a gerar. Mas me calei no momento em que ouvi uma vozinha se preparando para chorar.

Alexander se prontificou a pegar nosso filho e a acalmá-lo com uma chupeta. Elena saiu do seu lugar e disse que ficaria com Nicholas enquanto conversávamos. Fiquei desesperada só de pensar em perder meu bebê de vista. Minha irmã, ao ver minha expressão, prometeu que não iria longe, assim eu poderia ouvir caso ele chorasse demais.

Mantendo-se atrás de mim o tempo inteiro, Alexander esperou que Elena saísse da sala para começar a contar tudo o que havia acontecido durante aquele mês. Relatou como Margareth encontrou o bebê, falou sobre minha insistência em trazê-lo para casa, sobre o momento em que revelei minha necessidade de adotar aquela criança, e, por fim, contou sobre a certidão de nascimento.

Minha mãe chorava silenciosamente e meu pai abria e fechava a boca sem saber o que dizer. Até que Ana, com um olhar carinhoso e lágrimas brotando nos olhos, se pronunciou:

— Não importa como ele chegou até nós, Nicholas agora é nosso. É meu neto e será tão amado quanto os próximos que virão. Estou tão orgulhosa de vocês... Tão orgulhosa...

Meus pais se aproximaram e me puxaram para um abraço apertado.

— Parabéns pelo seu filho, meu amor. Parabéns por essa conquista que é a maternidade. Quem sabe agora você não entende o que eu sempre te dizia sobre o amor de mãe...

Com os olhos fixos nos de minha mãe, afirmei sorridente:

— Eu já entendo, mãe. Entendo de um jeito que a senhora sabe como funciona!

Pouco tempo depois, Alexander foi atrás de Elena, voltando com nosso filho nos braços e minha irmã no seu encalço.

— Ele deu trabalho? — perguntei a ela, que apenas disse que Nicholas aparentava estar com fome.

— Vou preparar a mamadeira, então — comentou Alexander, colocando o bebê no meu colo.

Nossos pais se aproximaram e olhavam encantados para o mais novo membro da família. Quando meu marido retornou à sala, nossas mães discutiram quem iria dar a mamadeira. Acabaram resolvendo que seria Ana a escolhida, pois aquele era o seu primeiro neto.

— Se eu pudesse amamentar... — suspirei, com o olhar vago.

O meu maior desejo sempre foi poder amamentar meus filhos. E a verdade era que não ser capaz de ter essa experiência com Nicholas estava me arrasando por dentro.

Minha mãe pegou minhas mãos e disse calmamente:

— Sophie, você sabe que isso não a faz menos mãe, não sabe? Sei que amamentar sempre foi uma certeza e um desejo muito forte do seu coração. Mas nem sempre as coisas acontecem como nós planejamos. E, no final de tudo, o que importa é o amor. O amor incondicional que você já sente pelo seu filho. Não deixe que isso a chateie, ou seu bebê vai sentir a mamãe mais tristonha, ok?

Assenti e abracei minha mãe. Era tão bom poder ouvir seu consolo...

Foi então que minhas amigas — que estavam caladas, apenas observando até aquele momento — surgiram todas juntas com os olhares banhados por lágrimas.

— Todos aqueles dias "doente"... Era só cuidando dessa coisinha. E que coisinha mais perfeita, amiga! — exclamou Annie, a primeira a falar.

Maddie, que já sabia a metade da história, me deu um abraço apertado e agradeceu pelo sobrinho que havia ganhado. Prometeu que iria mimá-lo até o último dia de sua vida. Eu a apertei mais forte, na esperança de expressar toda a minha gratidão pela sua ajuda nos primeiros dias de Nicholas.

Jô ainda estava sem palavras. Minha amiga não é de chorar por qualquer coisa. Mas os olhos dela não paravam de transbordar. Ela apenas sacudiu a cabeça, me puxou e se agarrou em mim, dizendo o quanto rezou para que eu fosse feliz de verdade.

— Eu consigo, na verdade, qualquer um consegue ver essa alegria genuína que está estampada por trás desse olhar cansado, dessas olheiras profundas e desse sorriso tão lindo que faz a gente querer ser feliz também! Parabéns, irmã! Parabéns por nunca ter desistido do seu sonho.

— Obrigada. Eu te amo — sussurrei, tentando não chorar.

— Mamãe? Seu bebê acabou de mamar! E parece tanto com o pai dele que abriu o maior sorrisão assim que largou a mamadeira — anunciou Ana e nós caímos na gargalhada. Alexander costuma ficar estressado quando está com fome, e só fica animado depois de comer.

— Não só pela fome sem fim. Mas os olhares apaixonados dos dois têm a mesma dona, estou errado, Sophie? — implicou Phin, que, ao terminar de falar, segurou meu rosto com as mãos e beijou minha testa. — Estou orgulhoso de você, Paixão.

Bruno e Gabriel me espremeram entre si e me parabenizaram.

— Nós acabamos de falar com o mais novo papai do ano! E, pela cara dele, acho que o bebê número 2 não vai demorar a chegar — implicou Gabriel enquanto Bruno apertava o meu nariz.

— Esqueçam, *boys. Baby number two* não vai chegar tão cedo — respondi, recebendo Nicholas dos braços da avó.

— Duvido... — murmurou Alexander.

— O que você disse, amor? — perguntei, encarando-o fixamente.

— Eu disse que o Phin ficou chateado por ter perdido o posto de papai do ano! Foi isso que eu disse — afirmou.

Antes que eu conseguisse responder, Philipe reclamou:

— Como assim perdi o meu posto? Ficou maluco?

Alexander apenas deu leves tapas nas costas do amigo e disse:

— Foi mal, cara.

Quando a discussão chegou ao fim, as meninas praticamente voaram até mim, brigando para saber quem seria a primeira a segurar Nicholas. Lancei um olhar de cumplicidade para meu marido, que se aproximou de nós acompanhado dos nossos amigos.

— Bem, queremos que vocês saibam que são amados igualmente. Nós não temos favoritos. Somos uma família. Uma única família — começou Alexander enlaçando minha cintura. — Mas achamos justo que Annie e Phin sejam os primeiros a segurar nosso filho.

Os olhos de Annie brilharam.

— Mas por quê? Poxa, Alexander! Eu sou sua irmã! — resmungou Maddie, cruzando os braços.

Respirei fundo e finalizei:

— Porque eles são os padrinhos. É só fazer a matemática!

Annie caiu no choro e se pendurou no pescoço de Alexander, agradecendo a nós pela confiança e pela honra de ter sido escolhida para o papel de madrinha. Philipe tentou esconder, mas deixou que algumas lágrimas fugissem dos seus olhos.

— Será que eu poderia segurar o meu afilhado? — perguntou Phin, um pouco inseguro.

Eu sorri e coloquei meu bebê carinhosamente nos braços do seu padrinho.

— Gente, eu espero, sinceramente, que não fiquem chateados com isso. Mas, mesmo sem terem noção alguma disso, aqueles dois fizeram muito pela vida do nosso filho — declarou Alexander, olhando para cada um.

Nossos amigos apenas sorriram. Gabriel colocou a mão no ombro de Alexander e disse:

— Nós entendemos. Não quebrem a cabeça com isso.

Annie, agora com Nicholas nos braços, ainda estava aos prantos e olhava encantada para o garotinho.

— Oi, príncipe. — Nicholas segurou o dedo de sua madrinha, que prosseguiu: — Sou a *dinda*. E eu já te amo muito. Você tem um priminho, sabia? Vocês serão grandes amigos! Eu tenho certeza disso.

Quando todos já haviam ido embora, sentei-me no sofá com meu bebê novamente adormecido. Alexander conversava baixinho com os pais e com minha irmã e meu cunhado.

— Não se esqueça de passar no nosso apartamento para buscar o presente de casamento de vocês, tá? — avisou Daniel.

— Que presente? — questionei, intrigada com aquela informação. Eu não fazia ideia de que presente era aquele.

— Surpresa, *sista*. Uma surpresa que veio dos nossos pais, seus sogros e de nós — respondeu Elena, sorrindo levemente.

— Amor, acho melhor nós irmos logo. O bebê vai acordar pra mamar em uns quarenta minutos e acho que a fórmula acabou — alertou-me Alexander.

Assenti com a cabeça e ele me ajudou a levantar. Beijei a bochecha dos meus pais e meus sogros, deixando a casa com Alexander, Nicholas, minha irmã e o marido logo depois.

Durante o trajeto, percebi que meu marido não parava de sorrir.

— Por que está sorrindo tanto? — perguntei, pousando a mão em seu ombro.

— Aquele bem-casado estava realmente muito bom!

Acabei rindo da sua resposta sem sentido.

— É sério, Alex. Estou curiosa! — disse eu, com seriedade.

— Por nenhum motivo específico. Só acho engraçado — afirmou, mexendo nas estações de rádio à procura de alguma música boa.

— O que é tão engraçado? — insisti novamente.

— O jeito que me apaixonei por você, ou melhor, o jeito que me apaixonei por você outra vez. Acho que nunca cheguei a comentar, mas você foi o amor da minha vida desde a nossa época de escola. Nós éramos tão próximos... E, de repente, viramos completos estranhos. Estranhos que aprenderam a se amar de novo.

— Nunca fiquei tão feliz em aprender algo — confessei com sinceridade.

Chegamos ao apartamento de Elena no mesmo momento em que Daniel estacionava o carro. Alexander tirou Nicholas do bebê-conforto e nós subimos no elevador ao lado deles, tendo a cobertura recém-construída no 24º andar do prédio como destino.

Adentramos o local e minha irmã, após ser atacada por abraços e beijos vindos dos filhos, que haviam ficado com a babá e logo quiseram descobrir quem era o bebê no colo do tio, falou que ia buscar nosso presente.

— Esse é o Nicholas. Filho da tia Sô e do tio Alex. É priminho de vocês! — contou Daniel, colocando Alice e Samuel nos braços para que eles pudessem ver o mais novo primo de pertinho.

— Voltei! — anunciou Elena, segurando um pequeno saquinho de tecido que provavelmente continha algo.

Ela me entregou o saquinho e pediu para que eu o abrisse. Obedeci e retirei de dentro uma chave na qual se lia o sobrenome "FERRAZ".

— Certo. Ok. Mas eu não entendi o propósito desta chave! — confessei, pairando meu olhar sobre cada um dos três adultos ali.

— Cunhadinha, para que serve uma chave? — perguntou Daniel.

— Eu acho, só acho, que serve para abrir alguma coisa, não? — retruquei com ironia.

Elena abriu a porta do seu apartamento e, segurando minha mão, guiou-me para fora, de modo que ficamos à frente da porta do apartamento vizinho.

Alexander, que havia nos seguido com nosso filho, finalmente se pronunciou:

— Por que você não abre o nosso presente agora, amor?

Arregalei os olhos, chocada com suas palavras e caindo no choro instantaneamente.

— Isso é sério? Ou é alguma brincadeira? — questionei com a voz embargada.

— Abra a porta e nós vamos descobrir! — sugeriu Alexander, sorrindo como nunca.

Ele colocou a mão sobre a minha e, juntos, abrimos a porta do nosso mais novo sonho. O nosso mais novo presente. O nosso mais novo lar. E, então, eu finalmente pude acreditar que aquilo não era brincadeira.

Capítulo 17

Dreams are like angels	Sonhos são como anjos
They keep bad at bay	Eles controlam o mal
Love is the light	O amor é a luz
Scaring darkness away	Que manda a escuridão para longe

Gabrielle Aplin, "The Power of Love"

— O QUE VOCÊ ESTÁ TRANCANDO AÍ? — A voz de Maddie soou do outro lado do corredor da casa. Dei um pulo com o susto que havia tomado e guardei a chave do quarto de hóspedes no meu bolso.

Meu casamento religioso aconteceria no dia seguinte, em um sábado. Numa pequena igreja próxima à casa de praia, que agora nos pertencia, e na qual se daria a recepção dos convidados.

Minha mãe insistiu para que Alexander e eu fôssemos na sexta-feira de manhã para que pudéssemos acompanhar de perto a decoração da festa. Por conta da minha licença maternidade, eu estava sem trabalhar, dedicando-me ao Nicholas durante o dia inteiro. Sendo assim, não tive muitos problemas em deixar a capital e ficar na casa de praia um dia a mais.

Porém, o mesmo não aconteceu com Alexander. Algumas semanas depois do nosso casamento civil, nós tínhamos, oficialmente, um lar para nós três. Mas, assim que terminamos a mudança e o apartamento novo ficou pronto por completo, meu marido passou a semana inteira trabalhando como nunca, saindo pela manhã, bem cedo, e retornando para casa quando eu estava praticamente adormecida e nosso filho já dormia há horas. O tempo que ficou afastado do hospital só fez com que o número de consultas marcadas aumentasse.

Imagino o quanto foi difícil para ele.

Alexander sempre fez de tudo para ser um pai presente. Seja comprando um pacote de fraldas na farmácia ou acordando pela madrugada para preparar uma mamadeira. Eu consegui ver a culpa estampada nos seus olhos quando ele me disse que só conseguiria chegar à casa de praia na sexta-feira à noite.

— Tudo bem, meu amor — sussurrei enquanto me aconchegava no seu peitoral na noite de quinta-feira. — Sei o quanto nosso trabalho exige de nós e o tamanho do seu desejo de ficar com a gente. Mas eu peço de coração, Alex, para que não se sinta um marido ou um pai ausente. Mesmo cansado, você continua fazendo de tudo por nossa felicidade. E eu só consigo te amar ainda mais por isso!

Sorri, pensando no buquê de flores que ele trouxera para mim na noite anterior. Alexander era, sem dúvidas, incrível.

— Pensando no seu *boy magia*? — perguntou minha cunhada enquanto caminhava em minha direção.

Revirei os olhos e retruquei:

— Quando é que eu não estou pensando nele?

Ela soltou uma gargalhada e perguntou novamente o que eu estava guardando.

— Respondendo à sua pergunta, estou guardando meu vestido de noiva. Assim, não tem perigo de alguém ver! — respondi, entrando no meu quarto para checar se Nicholas ainda estava adormecido no berço portátil.

Seus olhinhos estavam bem abertos, mas ele estava quieto, com a chupeta na boca e distraído com o móbile de animais suspenso sobre ele.

— Oi, amorzinho. — Maddie tirou o sobrinho do berço e me chamou para ir até a sala, alegando que eu havia passado a manhã inteira lendo no segundo andar.

— A culpa é toda sua! — reclamei, descendo as escadas.

— Minha? Por quê? — quis saber ela enquanto ia na direção da varanda, que era fechada por portas de vidro.

— Foi você quem me deu aquele livro! Que, por sinal, é muito b... — Parei de falar quando vi que todos os meus amigos, meus familiares e meu marido estavam ali me esperando.

As portas de vidro estavam fechadas e a varanda estava completamente decorada com flores azuis e balões da mesma cor. Havia uma mesa grande repleta de doces, bem como um bolo com o nome de Nicholas.

— O que é tudo isso? — Foi minha reação ao analisar o local.

— É o nosso chá de bebê, Dra. Ferraz! — revelou Alexander, pegando o filho do colo da irmã e beijando meus lábios com ternura.

— Por que eu sinto que tem um dedo seu nessa história? — Cerrei os olhos, tentando ler a expressão do meu marido.

— Por que essa história tem as minhas duas mãos no meio, Sophie — confessou, sorridente. — Nós não tivemos a chance de ter um chá de bebê antes de Nicholas chegar em nossas vidas porque... Enfim! Comentei minha ideia com Maddie na segunda-feira de manhã no hospital e a transformamos em realidade.

Balancei a cabeça, sem acreditar no quanto ele vinha provando seu amor e sua lealdade à nossa família. Abracei sua cintura e beijei sua bochecha carinhosamente, agradecendo pelo pai e pelo marido que ele era.

Minhas amigas haviam preparado diversas brincadeiras para a tarde. E acho que eu nunca tinha rido tanto quanto no momento em que os meninos colocaram barrigas falsas e eu, com uma venda nos olhos, tive que acertar qual era a de Alexander.

E depois de horas de diversão, conversas animadas e muitas gargalhadas, todos finalmente se recolheram para seus quartos.

Pedi que Alex subisse na frente para ficar com Nicholas, pois eu precisaria terminar os meus votos, o que era mentira, afinal, meus votos já estavam prontos havia mais de uma semana.

O que eu realmente queria fazer era ler a carta que Tio Haroldo tinha deixado para mim. As instruções que recebi do advogado, Alberto, no dia em que ele me entregou a carta tinham sido bem simples: "Haroldo deixou bem claro que você só poderia ler a carta no dia ou na véspera da cerimônia religiosa do seu casamento. Então, Srta. Sophie, por favor, faça como ele pediu, sim?".

Tirei a carta da minha bolsa e meus olhos se encheram de lágrimas quando reconheci a caligrafia cursiva bem trabalhada no verso do envelope. Tirei o selo que lacrava as palavras do meu padrinho e, respirando fundo, iniciei minha leitura.

Minha linda Sophie,

Meu coração dói ao imaginar as circunstâncias em que nos encontramos agora. Desde o dia de seu nascimento, venho fazendo promessas que não fui capaz de cumprir. Uma delas foi a de levá-la ao altar juntamente com seu pai. Perdoe o Tio Haroldo por ter quebrado mais uma promessa. Não era a minha intenção.

Tudo o que eu sempre quis foi garantir a sua felicidade. Então, não me arrependo das medidas que precisei tomar. Meu papel era cuidar de você, e eu sabia que essa responsabilidade não poderia ser entregue a outra pessoa senão Alexander.

Sua cabeça deve estar repleta de perguntas. E eu tentarei responder a cada uma delas. Ser paciente nunca foi o seu forte, mas espero que dê o seu melhor neste momento.

O porquê de tudo é simples, resume-se em apenas uma palavra: amor.

Conheço meus afilhados melhor do que jamais conheci outra pessoa. Tenho a capacidade de entendê-los por completo, conseguindo ler até mesmo o que não falam ou aquilo que não exprimem com clareza.

Isso envolve os gestos não intencionais, os olhares trocados, as palavras não ditas e um beijo roubado.

Naquele dia em que você e Alexander deram o primeiro beijo, não se tratava apenas de dois adolescentes descobrindo a vida. Tratava-se de um gesto que havia acabado de selar dois destinos para sempre.

Sim, querida. Eu vi tudo o que aconteceu! Não fique com vergonha, está bem? Aquele sonho não era só seu. Era também meu e de Alexander.

Então, tudo passou a acontecer numa intensidade maior. Os sentimentos de vocês lutavam contra a razão. Era uma verdadeira batalha entre cabeça e coração.

Ao longo dos anos, eu vi aquele amor cada vez mais forte, cada vez mais perto de vencer a guerra.

Você se escondeu do seu próprio coração quando começou a namorar aquele rapaz, Roberto. Sempre muito orgulhosa, você lutava ao lado da razão e não iria aceitar perder para os sentimentos. Mesmo sabendo que a felicidade estava em outro caminho...

Alexander mascarou o amor que sentia por você de todos os jeitos possíveis. Ele estava tão determinado a permitir que você saísse da vida dele... A única opção que restou a ele foi colocar a amizade de vocês em último lugar na lista de prioridades e afastar você com farpas lançadas.

Um amor como esse jamais seria e jamais será esquecido.

Eu corri contra o tempo, mas tudo o que me restou foi colocar vocês numa rua sem saída. Uma rua sem saída que tinha como destino a felicidade e o amor.

Espero que finalmente tenha perdido essa batalha, querida. Você sempre agiu com a razão e talvez seja hora de deixar o coração mandar um pouco. Experimente viver uma aventura, mergulhar numa bagunça e planejar menos. A vida será muito mais emocionante. Você vai ver!

Lembre-se de que seus sonhos são como anjos. Eles vão lhe guiar até a luz do amor e espantarão toda a escuridão.

Eu amei, amo e amarei você eternamente. Seja feliz e apenas viva.

Com todo o meu amor e toda a minha saudade,

Tio Haroldo

Não sei quanto tempo fiquei ali, parada com a carta nas mãos e lágrimas escorrendo pelo meu rosto. Talvez alguns minutos. Talvez horas. O tempo era a menor das minhas preocupações.

Meus pensamentos estavam a mil, tentando criar cenas perfeitas de uma vida na qual meu padrinho estivesse presente. De uma vida na qual Tio Haroldo estaria no meu casamento e conheceria Nicholas.

— Sophie? — A voz de Alexander ecoou pela sala de estar e logo seus passos descendo a escada foram ouvidos por mim. — O que aconteceu, meu amor? Você está aqui há quase duas horas!

Alexander sentou-se ao meu lado no chão frio e colocou os braços sobre meus ombros. Eu apenas ergui as pontas dos lábios, ensaiando um sorriso e entreguei a carta a ele. Ele exibia uma expressão confusa, que logo foi embora quando começou a ler, esforçando-se para não chorar. Deixando o papel de lado, ele me abraçou com força.

— Eu acho melhor nós subirmos... Nicholas pode acordar a qualquer momento — declarei, ficando de pé e estendendo a mão para que Alexander me acompanhasse.

Em um silêncio profundo, retornamos ao nosso quarto. Depois de checar se meu filho continuava dormindo, coloquei minha camisola e deitei-me na cama.

Eu já estava quase caindo no sono quando um chorinho fraco me despertou. Alexander já dormia, então, saí da cama numa rapidez fora do comum e tirei Nicholas do berço.

— Diz para mamãe, filho. Por que você está chorando, hein? Está com fome? Ou sua fralda está suja? — sussurrei, colocando a chupeta em sua boca e encostando sua cabeça no meu peito.

A fralda realmente estava suja, então eu a troquei. Também percebi que ele também estava com fome, então dei a mamadeira. Rodei com ele pelo quarto enquanto cantarolava baixinho alguma música qualquer. Mas parecia que nada era suficiente para calar seu choro.

— O que foi, amor? — perguntou Alexander com uma voz rouca.

— Faz quase uma hora que tento acalmá-lo, mas não consigo — respondi num fio de voz.

Ele saiu da cama e se aproximou. Estendeu os braços e, entendendo o recado, eu coloquei nosso filho em seu colo. Alexander deitou Nicholas no berço e o despiu, deixando-o apenas de fralda. Passou as grandes mãos na barriga branquinha e levemente rechonchuda do nosso bebê, como costumava fazer nos exames médicos. Os ombros do meu marido ficaram tensos, mas logo relaxaram. E, virando-se para mim, ele disse:

— Não tem motivos para se preocupar, Sophie. É só uma cólica um pouco mais forte...

Caí no choro quando ouvi suas palavras e o abracei com força.

— Eu já estava desesperada. Ai, meu Deus! Como não associei? — queixei-me. — Eu sou uma péssima mãe e uma médica ainda pior... — lamentei-me num sussurro.

— Eu acho que você está se confundindo com outra pessoa. A minha esposa é uma médica extremamente competente e uma mãe extraordinária. Você é a melhor médica que qualquer paciente poderia desejar, e é muito melhor do que a mãe que eu sempre pedi para os meus filhos. Você se entrega de paixão em tudo o que faz, amor. Nesse momento, você não era a médica do nosso bebê, mas sim a mãe dele. Não se sinta mal por isso, ok?

A resposta de Alexander foi mais do que suficiente para eu entender o quanto era feliz em tê-lo ao meu lado, o quanto eu o amava e o tamanho da benção que era vê-lo sendo pai do meu filho.

Ele me beijou vorazmente, e no momento em que o ar nos faltou, nossos rostos se afastaram. Mas seu braço continuava agarrado à minha cintura com força, como se ele temesse que, ao me soltar, eu desaparecesse.

Olhamos para Nicholas, que tinha um olhar sonolento. Seus olhinhos estavam quase se fechando e ele estava aconchegado na mantinha azul com a qual o havíamos enrolado.

— Ele é incrível. Obrigada por esse presente, Sophie. Foi sem dúvidas o melhor que você me deu nessa vida... — confessou meu marido, sorrindo para nosso filho. — E vocês são os melhores presentes que a vida me deu — completou.

∞

— Bom dia, noivinha. Vamos levantar? Seu bebê já está devidamente trocado e alimentado, então, sem preocupações por hoje! — berrou Maddie, abrindo as cortinas do quarto.

Ela era seguida por Annie, que carregava Nicholas no colo, e Jô, que trazia uma bandeja com o meu café da manhã nos braços.

Sentei-me na cama e esquadrinhei o quarto à procura de Alexander.

— Procurando o maridão? — perguntou Jô, sentando-se na cama depois de colocar a bandeja no criado-mudo.

Assenti com a cabeça e peguei meu bebê, enchendo-o de beijos e cheirando sua cabecinha que exalava Johnson's Baby.

— Como eu já esperava, mamãe expulsou Alexander e companhia para fora da casa. Eu não queria nem imaginar a reação da Dra. Ana caso vocês se encontrassem hoje. De acordo com ela, dá azar! — informou Maddie, roubando um pão de queijo do meu prato, o que arrancou uma reclamação minha.

— E onde eles estão? — indaguei, curiosa. E, para minha surpresa, Maddie disse que eles estavam numa pousada perto da igreja.

— Qual é a programação do dia? — questionei após devolver Nicholas para Annie e começar a comer.

— Já são dez da manhã, então, depois do seu café da manhã, nós vamos simplesmente relaxar até pouco depois do meio-dia, mais ou menos o horário que a Cíntia e sua equipe vão chegar — respondeu Annie.

Passamos mais um tempinho conversando. De acordo com as meninas, a estrutura da recepção estava praticamente pronta. A pista de dança já tinha sido montada, as flores que nós havíamos demorado quase dois meses para escolher já estavam sendo colocadas em seus devidos lugares e as mesas estavam sendo cobertas pelas toalhas rendadas que passei tanto tempo escolhendo.

— Mas como você está, amiga? — quis saber Annie com um olhar carregado de preocupação.

— Acho que nunca estive mais ansiosa! Meu coração já dispara só de pensar em entrar naquela igreja e ver o Alex no altar me esperando. Estou um pouco enjoada, também. Mas fora isso, eu me sinto tomada por uma felicidade sem fim... — declarei enquanto me encostava de volta na cabeceira da cama. Minhas amigas sorriam para mim.

— Graças a Deus não temos nada fora do comum! Tudo isso é só efeito colateral de um casamento — comentou Jô, segurando minhas mãos. — Mas, e aí? O que você quer fazer, Sophie? — continuou ela, agora, puxando-me para que eu saísse da cama.

— Que tal pegar uma praia? Deixamos Nicholas com a minha mãe e voltamos em meia hora... — sugeri e segui em direção ao banheiro para me arrumar para o dia e colocar um biquíni.

Elas concordaram e me esperaram para descermos juntas.

No momento em que colocaram os olhos em mim, mamãe e Elena voaram na minha direção e me puxaram para um abraço em grupo.

— Não consigo acreditar que a minha caçulinha está prestes a se casar... E já é mãe! Ah, meu Deus! Estou realmente ficando velha — comentou Dra. Amélia, tentando segurar o choro.

Sem saber o que dizer, eu apenas abracei-as com mais força e disse que as amava. Quando elas me soltaram, afastei-me um pouco e pedi à minha mãe que ficasse com Nicholas enquanto íamos à praia. Convidei Elena para ir conosco, mas ela recusou o convite e disse que estava quase pegando uma gripe.

E cada segundo foi aproveitado como se fosse o último. Cada minuto foi bem gasto. Cada hora foi incrível... Ao lado das minhas amigas, eu nunca deixei de rir de verdade, nunca deixei de saber o que é a verdadeira cumplicidade e nunca deixei de sentir lealdade. Já tivemos momentos horríveis ao longo dessa vida. Mas o amor falava, fala e sempre falará mais alto.

Retornamos à casa pouco mais de meia hora depois. Jogamos uma partida empolgante de Jogo da Vida e assistimos aos nossos episódios favoritos de *Pretty Little Liars.* Quando Cíntia ligou avisando que estava quase chegando, Elena e minha mãe correram para preparar um banho de banheira para mim.

Fiquei sem ar no segundo em que adentrei o banheiro. O local estava completamente fechado, e havia velas aromáticas ao redor da banheira de hidromassagem e pétalas de rosa sobre a água morna.

Beijei a bochecha da minha mãe e da minha irmã e agradeci com sinceridade.

Despi-me e entrei em contato com a água quentinha, coberta por espumas. Elena colocou minha playlist favorita do *Spotify* para tocar e, após se assegurar de que eu não precisava de nada, passou pela porta, deixando-me sozinha com nossa mãe.

Ela suspirou e abriu um pequeno sorriso.

— Eu estou extremamente feliz por você, meu amor. Você conseguiu! Realizou todos os seus sonhos. — Mamãe acariciou minha bochecha com a mão, continuando a falar: — E agora é quando começa a parte mais crucial. Continuar a sonhar com o que já foi realizado. Os sonhos nos fazem ir cada vez mais longe, Sophie. Você sempre foi uma menina muito sonhadora, desde pequena. Eu não poderia estar mais orgulhosa do que você fez e faz, de quem você se tornou, e, o mais importante, de quem você é.

As lágrimas rolavam livremente por suas bochechas e meus olhos haviam começado a marejar. Eu seria eternamente grata por tudo o que minha mãe havia feito por mim durante os meus vinte e seis anos de vida.

Poucos minutos depois, Elena bateu na porta e nos informou de que a equipe do salão já havia chegado.

Após estar seca e vestida apenas com a minha roupa íntima, enrolei-me num roupão felpudo e me dirigi ao quarto de meus pais, onde eu me arrumaria com minhas madrinhas.

Cumprimentei Cíntia e sua equipe com um sorriso quilométrico, afinal, não era todo dia que eu teria um dia de noiva. Sentei-me na cadeira que ficava à frente da penteadeira e Cíntia começou a secar meu cabelo.

Alguns minutos depois, quando meu cabelo já estava seco e ela estava prestes a iniciar minha maquiagem, alguém bateu na porta e eu pedi que entrasse.

Minha mãe trazia um Nicholas que choramingava em seu colo.

— Sophie, nosso bebê começou a chorar faz pouco tempo, mas já tentei de tudo. Não era fralda suja nem fome. Acho que ele só estava com saudades da mamãe... — contou dona Amélia com um sorriso no rosto. Pedi licença à Cíntia para ficar de pé.

— Oi, meu amor! Mamãe também estava com saudades de você — falei baixinho ao pegá-lo em meus braços.

Encostei sua cabeça na curva do meu ombro e retornei para a cadeira. Virei meu rosto para Cíntia e, sorrindo, eu disse:

— Acho que vamos ter companhia hoje, Cíntia!

Ela sorria tanto quanto eu, mas acabou comentando:

— Esse bebê é seu, Sophie? Sua barriga devia ser bem pequena... Nunca reparei que estava grávida!

Eu sempre soube que as pessoas iriam questionar como Alexander e eu aparecemos com um bebê da noite para o dia. Mas eu ainda não sabia como responder a essa pergunta.

— É porque nunca estive grávida... Nicholas é meu filho, e eu o amo mais do que consigo explicar, mas não nasceu de mim. —

Minha resposta aparentemente deixou-a desconcertada. Mas eu disse que não tinha problema, pois não havia como ela saber disso.

Nicholas pareceu se acalmar no segundo em que ouviu minha voz. E isso só me deu mais certeza de que não importava se tinha vindo de mim ou não, pois nosso vínculo era puro e verdadeiro... Não existem muitos amores assim no mundo. Disso eu tenho certeza.

∞

— Você está pronta, filha? — sussurrou meu pai, tentando não chorar, após beijar minha testa.

— Sim, pai. Como nunca estive antes! — respondi, segurando o buquê de rosas amarelas com mais força em minha mão direita.

A cerimonialista arrumou o meu véu e a pequena cauda do vestido rendado de noiva que eu usava.

— A propósito, você está linda, Sophie. — elogiou ela em meio a sorrisos antes de sair para avisar à sua equipe que poderíamos começar.

O cortejo, composto por Alice e Samuel, estava prestes a entrar quando ouvi o som delicado das primeiras notas de "Perfect", do Ed Sheeran, vindas do piano. Então, para minha imensa felicidade, as portas finalmente se abriram.

Respirando fundo, olhei nos olhos de Alexander, perdendo-me neles e me derretendo ao ver que ele chorava. As lágrimas começaram a brotar dos meus olhos e, enquanto a música soava, papai e eu caminhávamos lentamente em direção ao homem que eu oficialmente chamaria de marido.

O tempo parecia não passar, e o corredor da igreja aparentava ser cada vez maior. Mas, enfim, meu pai beijou minha testa e, quando entreguei meu buquê à mamãe, ele colocou minhas mãos sobre as de Alexander, que beijou minha bochecha carinhosamente.

A cerimônia passou num piscar de olhos, e, quando percebi, Padre João pedia para que lêssemos os nossos votos.

O discurso de Alexander me deixou sem fôlego e sem reação, foi muito parecido com tudo o que ele havia me dito ao longo do ano, desde o pedido de casamento na casa de Bruno até o dia em que admitimos nossos sentimentos um pelo outro. Elena não parava de me dar lencinhos para que eu enxugasse meu rosto e, então, chegou minha vez de falar.

— Antes de tudo, peço desculpas caso eu me afogue nas minhas próprias lágrimas — comecei, arrancando uma risada de todos os que estavam presentes, incluindo Padre João. — Alexander e eu temos uma história conturbada. — Respirei fundo. — Mas isso não importa, porque eu nunca vi uma história mais linda que a nossa! Havia momentos em que o mundo e todas as pessoas estavam contra o nosso amor. Mas, de cabeça erguida, nós lutamos e encontramos o caminho que nos trouxe um ao outro. De acordo com nosso padrinho, o amor sempre foi a arma mais poderosa. E só Deus sabe o quanto ele estava certo! — Fiz uma rápida pausa para enxugar minhas lágrimas com o lencinho que mamãe me ofereceu. —Eu não imaginava que um dia estaria sobre o altar ao seu lado, Alex. Eu não imaginava que um dia seria amada por alguém tão incrível como você. Cara, como é difícil encontrar as palavras certas para te definir... — Soltei uma leve risada, nervosa com o que estava prestes a dizer. — Porque você é tudo para mim, é o meu mundo inteiro em forma de gente! Você é o meu amor. O meu futuro marido. O melhor pai para o nosso filho e para todos os outros que virão. O meu melhor amigo. O meu sonho mais lindo. Você, Alexander, é meu final feliz.

Meu noivo beijou minhas mãos ao notar que elas tremiam, e eu as levei até sua bochecha, onde limpei as lágrimas que não paravam de cair.

— Eu te amo, meu amor. E nós vamos caminhar juntos, rumo ao nosso *felizes para sempre.*

Capítulo 18

Well I found a woman	Bem, eu encontrei uma mulher
Stronger than anyone	Mais forte do que todos que
I know	eu conheço
She shares my dreams	Ela compartilha meus sonhos
I hope that someday	E eu espero, um dia,
I'll share her home	dividir um lar com ela
I found a love	Eu encontrei um amor
To carry more than just	Para carregar mais do que
my secrets	os meus segredos
To carry love	Para carregar amor
To carry	Para carregar
children of our own	nossos próprios filhos

Ed Sheeran, "Perfect"

— ALEX, O BEBÊ JÁ ESTÁ PRONTO? Tenho uma apendicectomia em menos de duas horas! Além disso, minha mãe já está esperando na portaria — avisei ao meu marido enquanto apertava o botão do elevador, que tinha ido embora mais uma vez.

— Estamos aqui! Chegamos! — Alexander veio apressadamente em minha direção, carregando o bebê-conforto com nosso filho adormecido, a bolsa com as coisas de Nicholas e sua pasta de trabalho.

Ergui as sobrancelhas.

— Quer uma ajuda aí? — perguntei.

Ele riu e aceitou a oferta, entregando-me a bolsa do bebê.

Após comemorarmos os três meses de Nicholas e nosso primeiro mês de casados, achamos que o momento de voltar ao trabalho havia chegado. Claro que nossa carga horária não era a mesma. E eu duvido que um dia voltasse a ser como era. Mas nós tínhamos certeza de que não existia nada melhor do que acompanhar o crescimento do nosso bebê em todos os momentos possíveis.

Coincidiu que, naquela mesma época, minha mãe estava se aposentando como médica. Vinha sentindo enxaquecas fortes e achou melhor parar de exercer a profissão. Ela continuaria na diretoria do hospital, mas não clinicaria mais.

Então, feliz da vida, Dona Amélia pediu — ou melhor, implorou — para que deixássemos Nicholas com ela durante os nossos dias de trabalho. Mamãe estava definitivamente apaixonada pelo mais novo neto. Nós aceitamos a oferta sem pensar duas vezes.

Alexander e eu — principalmente eu — estávamos receosos em contratar alguém para ficar com o bebê. Ele ainda era muito pequeno para ficar sozinho com uma pessoa que não conhecíamos, afinal, desde o dia em que ele entrou nas nossas vidas, sempre fomos nós que cuidamos dele. E eu não confiava Nicholas a qualquer um. Se algo acontecesse com ele... Não consigo nem pensar.

Saímos do elevador e encontramos minha mãe em seu carro, estacionada na vaga de Elena na garagem do nosso prédio.

— Já estava ficando preocupada! — comentou ela ao nos abraçar. — Meu pequenino está dormindo? — perguntou, parecendo estar desapontada.

— Há algum tempinho, Dona Amélia. Provavelmente vai acordar quando vocês chegarem na sua casa! — respondeu Alexander, beijando a testa de Nicholas.

Mas eu ainda não estava pronta para me despedir. Era a primeira vez que eu passaria tanto tempo longe do meu filho. Sabia que ele estaria em boas mãos, mas não estava acostumada a ficar longe dele.

Com lágrimas nos olhos, aproximei-me do carro onde Alexander já havia colocado o bebê-conforto. Segurei as mãozinhas do meu neném e beijei cada dedinho.

— Mamãe ama você, amorzinho. E ela promete que vai te buscar assim que puder, ok?! — Cheirei sua cabecinha e fechei a porta do carro.

Minha mãe me abraçou com força e afirmou que cuidaria dele da mesma forma que cuidou de mim e da minha irmã.

— Obrigada por isso, mãe. É um grande peso que você está tirando das nossas costas! — agradeci e beijei sua bochecha. Ela sorriu, dizendo que estava apenas fazendo o seu trabalho como avó.

Alexander a abraçou e ela logo entrou no carro, deixando-nos sozinhos.

— Não sei se vou conseguir passar tanto tempo longe dele, amor... Nicholas ainda é muito pequeno! Ai, meu Deus! Por que eu fui inventar de voltar ao trabalho? Como...

Eu tinha a intenção de continuar me lamentando, mas meu marido segurou meu rosto entre as mãos, me beijou e disse:

— Porque a maternidade não é o seu único sonho! Ou você se esqueceu de que também sempre sonhou com a medicina?

Assenti. Ele tinha razão. Beijei-o mais uma vez, tentando esquecer a culpa que eu sentia, e entramos no carro.

O trânsito pareceu cooperar. Chegamos ao hospital em pouco mais de vinte minutos. Enquanto me dirigia até meu consultório, fui sendo cumprimentada por todos que passavam por mim. Inclusive, recebi várias felicitações dos que sabiam que, agora, Alexander e eu éramos pais.

Mas claro que ninguém sabia da verdadeira história do nosso filho. Era algo íntimo demais e eu não queria de jeito nenhum que iniciassem fofocas e mentiras sobre a minha família.

A história que todos sabiam era a seguinte:

Alexander e eu havíamos entrado na fila de adoção pouco tempo antes de ficarmos noivos porque eu não queria engravidar tão cedo para não precisar ficar muito tempo afastada do trabalho.

Quando escolhemos o perfil da criança no cadastro do sistema de adoção, nós não demos preferência por sexo, tipo físico ou estado de saúde. Aconteceu que, ao afirmarmos que uma criança que não estivesse completamente saudável seria bem-vinda em nossas vidas, a fila de adoção andou rapidamente para nós. Afinal, não são todos os casais que querem crianças com problemas de saúde.

Quando a assistente social questionou, durante uma visita, por que estávamos dispostos a aceitar uma criança doente, nós respondemos que existiam crianças que precisavam de mais cuidados do que outras, e, como éramos médicos, assistência não faltaria ao nosso filho ou filha.

De acordo com essa história, nosso filho tinha arritmia cardíaca, uma doença em que os batimentos do coração são descompassados, ou seja, não têm uma velocidade ou ritmo certos. Alguns casos mais graves necessitam de cirurgia e outros mais leves podem ser tratados com medicamento, o que era o — falso — caso de Nicholas.

Se alguém duvidou das nossas palavras, não demonstrou. Alguns até perguntaram: "Mas você é tão jovem, tão saudável... Por que adotar um filho agora?". E eu respondia sobre meu sonho de ser mãe — independentemente de como fosse — com brilho nos olhos. Pararam de me questionar depois disso.

Ao chegar à porta do meu consultório, Alexander, que me acompanhava, beijou minha testa e me fez prometer que eu não ligaria para minha mãe a cada quinze minutos. Rindo, eu disse que ligaria apenas de hora em hora. Ele gargalhou e me deu um beijinho rápido antes de entrou em sua própria sala, já que sua próxima consulta seria em pouco tempo.

Sentei-me na minha cadeira e conferi minha agenda do dia rapidamente. Tinha uma cirurgia de retirada de apêndice dali uma hora e meia, além de quatro consultas. Ainda era cedo, quase oito da manhã, então eu deveria voltar para casa perto das três da tarde.

Alguém bateu na porta e eu pedi que entrasse. Era Margareth, com um sorriso que ocupava todo o seu rosto. Levantei-me e fui em sua direção. Abracei-a com força enquanto agradecia repetidamente.

Ninguém — nem mesmo eu — teria sido capaz de imaginar que ela seria responsável por me proporcionar a melhor parte da minha vida. Foi graças à Margareth que Nicholas chegou a nós, e eu não poderia estar mais grata.

— Como está nosso Nicholas? — perguntou ela. — Sua cunhada vive dizendo o quanto ele está lindo, esperto e cheio de dobrinhas! — comentou antes de ouvir minha resposta. Acabei rindo do "cheio de dobrinhas". Maddie soltava cada pérola...

— Nicholas está exatamente como Maddie falou. Mas também está cada vez mais apegado a nós, assim como nós a ele. Meu coração se partiu em milhões de pedacinhos quando o deixei com minha mãe.., — relatei, com certa melancolia.

— Não se preocupe! Ele não poderia estar em mãos melhores — tranquilizou-me Margareth antes de continuar: — Mas que tal se a gente for conversar com o próximo paciente? Guilherme já está sendo preparado para entrar no Centro Cirúrgico.

Assenti e sorri. Era uma sensação incrível estar de volta ao trabalho, mesmo que estivesse retornando aos poucos. Eu me sentia viva e cheia de adrenalina diante da ideia de salvar vidas.

Depois de conversar com meu próximo paciente e explicar todo o procedimento outra vez, Margareth e eu nos dirigimos ao Centro Cirúrgico para que nos preparássemos para a operação.

Entrei na sala de cirurgias, onde o paciente já estava devidamente medicado com as anestesias. Olhei para Margareth, que sorria por baixo da máscara, e respirei fundo antes de falar:

— Bisturi, por favor.

∞

Eu só me dei conta da saudade que sentia de operar quando finalmente terminei as suturas. Conforme Alexander tinha dito para mim naquela manhã, a medicina também era o meu sonho.

Mas o que me deixou intrigada foi o fato de estar extremamente cansada depois de menos de duas horas operando. Além disso, eu estava sentindo uma cólica forte que já vinha me perseguindo havia mais de duas semanas.

Retornei ao meu consultório e olhei para o relógio. Ainda tinha quarenta e cinco minutos antes da chegada do próximo paciente. Deitei-me no sofá, na esperança de descansar um pouco e, assim, me livrar das pontadas fortes na parte inferior da minha barriga. *Isso não está adiantando*, pensei. Resolvi procurar algum remédio para cólica. Não era possível que não tivesse uma cartela de Atroveran na minha sala.

O que eu não esperava era que, ao me levantar, seria tomada por uma tontura tão forte que quase me fez perder o equilíbrio. Sentei-me novamente para evitar uma provável queda.

Meu estômago começou a revirar e tudo o que pensei foi em correr para o banheiro mais próximo. Por sorte, apenas uma das cabines estava ocupada. Entrei na mais distante da porta, e, após me ajoelhar no chão, coloquei todo o meu café da manhã para fora.

Não sei ao certo quanto tempo passei ali, mas cada minuto parecia uma eternidade.

Quando finalmente me senti melhor, limpei a boca com uma folha de papel e tentei acalmar minha respiração. Só então notei que alguém estava me observando pelo espaço da porta que eu havia deixado aberta.

A vida não podia ficar pior.

Uma das psicólogas materno-infantil do hospital, mais conhecida como Dra. Maria Virgínia, olhava-me com uma expressão aparentemente preocupada. Ela logo perguntou:

— Você está bem? Quer que eu chame alguém?

— Não! Não precisa chamar ninguém — respondi, um pouco seca, enquanto tentava ficar de pé, mas minha tontura foi mais forte.

Maria Virgínia se apressou em me amparar quando eu estava prestes a cair. Ela me levou até a pia, e eu lavei minha boca várias vezes com água e enxaguante bucal.

Apoiada sobre a bancada da pia, fechei os olhos e ouvi Virgínia perguntar se eu estava doente. Resolvi ser sincera:

— Não sei. Eu estava bem até hoje de manhã — declarei, e meus olhos começaram a ficar marejados.

Ela ficou pensativa e, por um segundo, eu jurei ter visto seus olhos se arregalando.

— Você vem notando alguma coisa diferente em si mesma? Dores? Cansaço? Muito sono?

— Não. Talvez um pouco de cansaço e umas cólicas infernais. Além de seios bem doloridos... Mas tenho certeza de que é apenas uma TPM qualquer! — falei, tentando não pensar que poderia ter sido acometida por uma doença incurável.

— Sophie, quando você menstruou pela última vez? — inquiriu Maria Virgínia.

Eu estava ficando cada vez mais confusa com a quantidade de perguntas que ela estava fazendo.

— Acho que foi... — Parei de falar na esperança de recordar a data da minha última menstruação. — Eu não lembro mesmo! Meu ciclo sempre foi muito irregular.

— Olha, eu não quero te assustar, mas você já parou para pensar na possibilidade de estar grávida? Quero dizer, todos os sintomas são compatíveis com os de uma gravidez... — Ela falava calmamente, como se estivesse com medo de me espantar.

Foi então que todo o meu corpo congelou e meu coração começou a bater numa velocidade fora do normal.

Não! Não! Não! Era impossível.

Alexander e eu sempre nos cuidamos. E eu tomava pílula anticoncepcional desde o nosso noivado.

— Não tem como eu estar grávida. Nunca me esqueço de tomar a pílula. É praticamente impossível! — retruquei, nervosa, começando a andar de um lado para o outro.

— Mas existem muitas coisas que podem cortar os efeitos do anticoncepcional. Você tomou algum medicamento diferente nas últimas semanas?

Droga! Droga! Mas que droga!

Sim. Eu havia tomado um antibiótico à base de penicilina para a minha sinusite. E, de acordo com a medicina e o senso comum, esse tipo de antibiótico corta os efeitos do anticoncepcional.

Ela tinha razão. Eu realmente poderia estar grávida...

Caí no choro e minhas pernas perderam a força, fazendo meus joelhos irem de encontro ao chão. Maria Virgínia se aproximou e me abraçou.

Eu não queria ser rude. Mas precisei perguntar:

— Por que você está me ajudando? Nós nunca nos demos bem! Meu namorado me traía com você e eu estou casada com seu ex. Então, me responda, por favor. Por que perderia seu tempo se preocupando comigo?

Ela respirou fundo e sentou-se ao meu lado, encostando a cabeça na parede.

— Sinceramente? Acho que é porque eu estou cansada dessa nossa disputa interminável! Além de ser o meu trabalho, como psicóloga, amparar quem precisa. — Virgínia meneou a cabeça, desacreditada com o que estava prestes a dizer: — Tem uma hora que todo mundo precisa amadurecer, crescer. O processo é mais rápido para alguns, e pode demorar mais para outros. Mas acho que o momento de cada um acaba chegando. E o meu finalmente resolveu aparecer...

Virei meu rosto para encará-la e sorri.

— Fico feliz por você — declarei com honestidade.

— E eu queria te pedir desculpas, Sophie. Por todo o mal que te fiz! Por tudo! Você nunca fez nada para mim e eu fazia de tudo para infernizar sua vida. Você me perdoa?

Ela parecia ansiosa com a minha resposta. Tudo o que fiz foi me aproximar de Virgínia e abraçá-la.

— É claro que eu te perdoo! Nós realmente não temos mais idade para rixas da adolescência — afirmei.

Ficamos um tempo em silêncio até ela perguntar:

— Mas o que vamos fazer em relação a você? Tem certeza de que eu não preciso chamar alguém?

Neguei com a cabeça. Se eu estava mesmo grávida, eu iria anunciar do meu jeito.

∞

Quando finalmente saímos do banheiro, entramos discretamente na sala de coleta de sangue. Chamamos Margareth para fazer o procedimento. Seus olhos se encheram de lágrimas quando contei o porquê do exame tão repentino.

Ela levou a amostra de sangue para o laboratório e disse que estaria pronto em pouco menos de duas horas. Maria Virgínia e eu retornamos para minha sala. Ela parecia mais ansiosa do que eu.

Desmarquei minhas consultas da tarde alegando que tive uma urgência com meu filho, e nós ficamos conversando por um longo tempo.

— Ok, Sophie. Vou voltar para o trabalho. Minha próxima consulta começa em sete minutos — avisou ela.

— Obrigada pela sua ajuda, Virgínia. Se não fosse você, eu acho que estaria no banheiro até agora! — falei, rindo no final da frase.

Nós deixamos o meu consultório juntas, já que eu precisava ir ao laboratório. Quando ela estava virando o corredor, eu a puxei para um abraço apertado, sussurrando um "obrigada" no seu ouvido.

— Sophie? O que está acontecendo? — Alexander estava parado à nossa frente, com os olhos arregalados e uma expressão tão confusa quanto a minha estivera algumas horas antes.

— Droga! — resmunguei, afastando-me de Maria Virgínia.

No segundo em que abri a boca para pensar em algum motivo para estar abraçando minha ex-inimiga de faculdade, Margareth veio correndo em nossa direção com um papel na mão.

— Dra. Sophie? O resultado do seu exame est.. — começou ela, mas parou no meio da frase assim que notou o clima tenso do local.

Peguei o papel de sua mão rapidamente e escondi a folha no bolso do meu jaleco.

— Obrigada, Marga. Te dou notícias mais tarde, ok?! — disse eu, como um pedido silencioso para deixar-nos a sós. Ela sorriu e saiu rapidamente.

— Resultado de exame? Eu não estou entendendo mais nada! — resmungou Alexander enquanto tentava pegar o resultado de dentro do meu jaleco. Eu desviei bem a tempo e consegui evitar que ele olhasse o resultado antes de mim.

— Boa sorte, Sophie! — Virgínia apertou minha mão e seguiu para sua consulta.

— Por que você precisaria de sorte? Quer me explicar o que está acontecendo? — implorou ele, parecendo estar irritado.

— É uma história muito longa. Mas de imediato eu posso te dizer que a Virgínia me ajudou quando ninguém estava por perto. E sobre o resultado do exame... Nós dois vamos descobrir agora! — anunciei, pegando a folha de papel que poderia mudar nossas vidas dependendo do resultado que escrito ali. — Juntos? — perguntei baixinho. Ele assentiu, ainda confuso com a falta de informações.

— Sempre!

Abri a folha de papel com as mãos trêmulas. Olhei para Alexander sem ter coragem de encarar o resultado daquele exame. Mas quando vi seus olhos se enchendo de lágrimas, tive a resposta de que precisava.

Ele se abaixou, levantou minha blusa e plantou um beijo abaixo do meu umbigo, sussurrando em seguida:

— Eu já te amo tanto...

E assim que ficou de pé, meu marido me deu um abraço que tirou meus pés do chão.

— E eu também te amo, Sophie. Mais do que consigo explicar e mais do que você consegue entender.

∞

— Quem morreu? — Foi a primeira coisa que Maddie perguntou quando as duas famílias e nossos amigos se sentaram nos sofás da sala de estar da casa dos meus pais depois do almoço.

Muitos olhares estavam sobre mim porque, além de ter sido a única que não tomou vinho — o meu favorito, preciso acrescentar —, eu estava visivelmente nervosa e até mesmo um pouco esverdeada, não sei se por causa do nervosismo ou se por conta dos enjoos com os quais a gravidez vinha me presenteando.

— Posso te jurar que ninguém morreu dessa vez, irmãzinha. Muito longe disso... — respondeu Alexander, olhando para mim de soslaio. Sorri diante do cuidado que ele tinha com nosso filho, já que ele checava o carrinho onde Nicholas dormia a cada cinco minutos. Segurei sua mão discretamente e a apertei. Ele sabia que o momento havia chegado.

Resolvemos esperar até eu atingir as doze semanas de gestação para contarmos a novidade para nossas famílias e nossos amigos. Antes de atingir os três meses, ainda há riscos de aborto espontâneo.

Meu marido ficou de pé e, depois de me ajudar a levantar, vi que o olhar de mamãe parou em minha barriga, que já possuía uma pequena, mas visível, saliência.

— Há pouco mais de um mês, Sophie e eu abrimos um envelope que mudou tudo. Mudou nossa história, nossos sonhos, nossos rumos e, principalmente, nossas vidas. — Alexander começou a falar, enlaçando minha cintura com um dos braços depois que peguei nosso bebê, que havia acordado, no colo.

— Detesto admitir, mas Gabriel estava certo até demais! — brinquei, olhando diretamente para meu amigo, que logo arregalou os olhos. — *Baby number two* está a caminho, com previsão de chegada para daqui a seis meses! — revelei com um sorriso quilométrico em minha boca.

As comemorações ecoaram pela casa e minha mãe chorava como eu nunca tinha visto antes. Fui enlaçada no abraço dos meus pais, que me enchiam de beijos, e logo minha irmã se juntou a nós. Meus sogros e meus amigos não demoraram muito a fazer o mesmo.

Daniel chamou a atenção de todos nós e estendeu sua taça.

— Gostaria de propor um brinde! — anunciou, sorridente.

— A quem devemos brindar, cunhadinho? — questionei, pondo uma das mãos sobre minha barriga depois de pegar um copo de água de coco que minha mãe havia oferecido.

— À vida.

— Você vai ter uma irmãzinha, filhão! — exclamou Alexander, enchendo a barriga de Nicholas com beijinhos e fazendo-o soltar uma gargalhada gostosa que fez meu coração bater mais rápido.

— Quem disse que vai ser uma menina? — questionei, entregando o bebê para meu marido.

Ele disse que era seu instinto de pai falando. Revirei os olhos.

— Acho que vai ser um menino! — retruquei, erguendo uma das sobrancelhas.

— Só eu que acho um absurdo Sophie e Alexander terem se casado há menos de seis meses e já estarem com o segundo bebê encomendado? — brincou Jô, bebericando sua taça.

— Eu vou ficar calada... Nem casada eu sou! — Maddie deixou seu vinho na mesinha de centro e saiu pela porta da varanda da casa, deixando um silêncio constrangedor pela sala.

Gabriel fez menção de segui-la, mas eu apenas ergui minha mão impedindo-o.

— Ela está chateada, Gabs. Pode deixar que eu vou falar com ela, ok?

Fui atrás da minha amiga, que estava sentada no balanço do quintal da casa. Maddie soluçava baixinho e olhava para o céu que, por um milagre, estava bastante estrelado.

— Não me entenda mal, amiga. Eu estou feliz por vocês, estou mesmo! Esse bebê será tão amado quanto o Nicholas. — Ela suspirou. — Mas me dói saber que eu vou *ficar para titia*. Sempre quis minha própria família. Só que o tempo vai passando e nada do meu namorado me pedir em casamento. Nós estamos namorando há mais de dez anos, Sô! Tem noção disso?

Sentei-me no balanço ao seu lado e segurei uma de suas mãos.

— Eu entendo. De verdade! Mas não acho que você vá ficar para titia, Maddie. Muito pelo contrário... Sinto que você vai me dar sobrinhos em peso! — declarei, arrancando um sorriso dela. — E quanto ao pedido de casamento... Não diga a ele que eu te contei, mas Gabriel veio perguntar ao Alexander um dia desses sobre como ele comprou as nossas alianças!

— É sério? — Ela parecia totalmente incrédula com o que tinha acabado de ouvir.

E eu apenas assenti com a cabeça.

— O amor que ele sente por você é imenso. Eu juro!

Ficamos um tempo caladas até eu me levantar do balanço e estender a mão para ela, como um convite para retornarmos para dentro da casa.

— Agora, chega de drama! Todos devem estar preocupados. — E, com isso, entramos na sala novamente.

Capítulo 19

Meu coração está em festa
Eu penso em você
Fico até sem jeito
Imagino o teu rosto
E passo a noite só pensando
Sem dormir direito (...)

Bárbara Dias, "Dentro de Mim"

— Eu já disse que odeio vocês dois? — Foi a primeira coisa que Maddie disse ao entrar no salão de festas do nosso condomínio ao lado de Gabriel, Jô e Bruno.

— Eu posso saber por que meu marido e eu somos odiados? — questionei, risonha. A loira deveria estar numa TPM daquelas...

— Quem é que, em sã consciência, espera chegar na vigésima semana de gravidez para descobrir o sexo do próprio filho? — reclamou ela, completamente ranzinza.

— Aparentemente, a sua cunhada. Eu não tenho nada a ver com isso, está bem?! — respondeu Alexander, colocando o braço ao redor dos meus ombros.

— Ei! Fique quieto. Você falou que só queria descobrir o sexo do bebê no dia do nascimento! — retruquei, desvencilhando-me do braço dele. Os meninos seguraram o riso e Jô olhou feio para meu marido. — Eu esperei até os cinco meses porque passei todo esse tempo tentando convencê-lo de fazermos a sexagem fetal antes de o bebê nascer!

— Você realmente tem problemas, Alexander! — resmungou Maddie antes de se afastar para ir em direção ao carrinho de bebê onde Nicholas dormia. Alexander a seguiu com os meninos, pois, aparentemente, nosso filho havia acordado de sua soneca.

— Está tudo lindo, amiga! Você está linda. E eu amei esse vestido! — Jô se afastou para dar uma olhada no meu vestido branco. — Acho que nunca quis tanto estourar um balão na minha vida. Sério! — Ela sorriu e colocou as mãos sobre minha barriga protuberante. Em seguida, perguntou: — Como está a criaturinha sem nome mais amada da titia?

Caí na gargalhada.

— De acordo com nossa médica, a criaturinha sem nome está perfeitamente saudável. Só estou um pouco angustiada porque ainda não se mexeu! — respondi depois de respirar fundo.

— Deve ser preguiçosa igual a mãe. Não fique assim, Sô... Se a Dra. Marilia disse que nossa criaturinha está bem, é porque realmente está! — tranquilizou-me ela enquanto acariciava o ponto em que sua mão estava, logo acima do meu umbigo.

Annie e Phin, os últimos que faltavam, finalmente chegaram.

— Desculpem o atraso! Phin passou meia hora decidindo entre vir de azul ou de rosa — explicou minha amiga.

— Tudo bem. Os outros acabaram de chegar e Nicholas está acordando agora! — respondi. Ela respirou aliviada.

— Você está realmente linda, Paixão. Está... Como é que dizem? Ah, sim! Está radiante! — comentou Phin, beijando minha testa.

Eu sorri e abracei Annie com cuidado para não esmagar meu afilhado que, no momento em que me viu, esticou os braços para que eu o pegasse no colo.

— Oi, meu príncipe! Dinda também estava com saudades de você — falei, segurando suas mãozinhas e apoiando-o sobre minha barriga.

— Você está pronta, meu amor? — quis saber Alexander, aproximando-se de mim com Nicholas no colo.

— Não. Mas você sabe que, quando chega a hora, eu sempre dou meu jeitinho. — Sorri, devolvendo Theo para sua mãe.

Chamamos todos para ficarem ao nosso redor. De um lado ficaram os que estavam vestidos de rosa e, do outro, os que estavam vestidos de azul. Alexander entregou Nicholas para Maddie, que sorriu como boba ao segurar o sobrinho. Minha sogra entregou um alfinete para Alexander e outro para mim.

— Juntos? — sussurrou ele depois de me beijar lentamente.

— Sempre, meu amor. Sempre.

Fizeram a contagem e, quando chegaram ao número 1, assenti com a cabeça para meu marido e, juntos, estouramos o balão.

E então meu mundo ficou cor-de-rosa.

∞

— Eu não vou chamar nossa filha de Adelaide! Pelo amor de Deus, Alexander! — resmunguei, terminando de dar a mamadeira de Nicholas. Alexander, frustrado, sentou-se na cama que havia no quarto do nosso filho e riscou mais um nome da lista que havíamos feito depois de descobrirmos que teríamos uma menina.

— Mas, amor, é o nome da sua avó! — Ele tentou mais uma vez.

— Não! Não! E não! Eu amo a vovó. Mas quero que nossa filha tenha um nome único. Diferente. Que seja só dela! — respondi, sorrindo para Nicholas quando ele colocou as mãos na minha barriga. Coloquei-o de volta no berço e ele pegou o mordedor mais próximo e pôs o brinquedo na boca.

— Isso nos deixa com quantos nomes? — perguntei, tentando me lembrar dos nomes que havíamos colocado na lista.

Então, lembrei-me do sonho que tivera na noite anterior. Estávamos num quarto de hospital, eu segurava um pacotinho cor-de-rosa em meus braços e Alexander aparecia com Nicholas no colo. Assim que os dois se aproximaram, meu filho mais velho, com quase um ano, esticou a cabeça para observar a nova irmãzinha. “Inda! Inda, mamã!”, balbuciava ele repetidamente. E eu não tinha entendido o que ele tentava dizer. Pelo menos não naquele momento.

— Linda... — falei baixinho, olhando para Alexander, esperando sua reação.

— Você falou alguma coisa, Sophie? — perguntou, entretido demais enquanto relia os nomes da lista.

— Linda. Linda d’Ávilla Ferraz. — Sorri enquanto uma lágrima caía do meu olho.

— Linda? — repetiu ele.

E quando eu estava prestes a responder, senti algo empurrar a parte interna da minha barriga. Demorou um pouco para eu me dar conta de que, depois de tanto esperar, tanto sonhar com esse momento, minha filha finalmente havia dado o primeiro chute.

Comecei a chorar copiosamente. Sem entender nada, Alexander se aproximou com certo receio — ele ainda tinha medo das minhas mudanças repentinas de humor causadas pelos hormônios à flor da pele — e levantou meu rosto.

— O que foi, meu amor? — quis saber ele quis. E, no segundo em que nossa filha ouviu a voz do pai, ela chutou novamente.

Sem conseguir formular palavras, apenas peguei as mãos dele e as acomodei uma em cada lado da minha barriga.

— Fale com ela — pedi, olhando em seus olhos após me recompor do choro.

— Oi, filha. É o papai... Sabia que nós estamos loucos para te conhecer? O seu irm... — Ele parou de falar de repente quando ela chutou o mesmo local onde sua mão descansava. Ele se ajoelhou e deitou a cabeça na minha barriga.

— Acho que ela gostou do nome! Assim que você falou, eu senti o pezinho dela bem aqui — falei, sorridente.

— E eu amei esse nome. É tão lindo quanto ela vai ser, ou melhor, já é — afirmou ele.

E, em um olhar trocado por nós, entendemos que o nome da nossa filha seria mesmo aquele. Então, ele disse:

— Você é a minha Linda! E o papai já te ama mais do que ele sabe explicar!

Epílogo

When it gets hard,	Quando fica difícil,
you know it can	você sabe que pode
get hard sometimes	ficar difícil algumas vezes
It is the only thing	É a única coisa que
makes us feel alive	faz a gente se sentir vivo
We keep this love	Nós guardamos esse amor
in a photograph	numa foto
We made these memories	Nós fizemos essas memórias
for ourselves	para nós mesmos
Where our eyes	Onde nossos olhos
are never closing	nunca estão fechando
Hearts are never	Corações nunca estão
broken	quebrados
And time's	E o tempo estará,
forever frozen still	para sempre, congelado

Ed Sheeran, "Photograph"

— Sophie? Sophie, me escute! Preciso que você volte a empurrar no três, ok?! Um... Dois... Três... — A voz de Marília, minha obstetra, já havia chegado a um ponto em que ecoava na minha cabeça. Minhas contrações haviam começado treze horas antes, mas minha bolsa só rompera havia uns trinta ou quarenta minutos. Não sabia ao certo. Eu sentia tanta dor que já havia perdido a noção do tempo.

— Eu não consigo mais, Marília! Estou cansada demais. Já faz... AH! CARAMBA! — Fui interrompida por uma onda de contrações que me pegou desprevenida. Agarrei a mão de Alexander até a dor passar.

— Você precisa fazer isso, meu amor. Eu sei que não consigo nem imaginar o tamanho dessa dor, mas tanto a sua vida como a do bebê estão em suas mãos. Você é tão forte, Sophie... Não desista agora. Por favor! — sussurrou Alexander enquanto acariciava minha bochecha com as costas da mão.

Antes que eu pudesse responder, senti meu marido se sentar atrás de mim na cama da sala de parto, minhas costas apoiadas em seu peito.

— Estou com você. Agora, nós vamos fazer isso juntos, certo?! falou ele de modo firme.

Ao olhar para ele, percebi que seus olhos carregavam — além da nítida preocupação — orgulho e devoção. Esbocei um sorriso e segurei suas mãos outra vez.

— Está pronta para conhecer sua filha, Sophie? — perguntou a Dra. Marília, que sorria por trás da máscara.

Afirmei com a cabeça e voltei a fazer toda a força que eu tinha, pensando apenas em segurar meu bebê nos braços.

Então, o mundo parou. E eu finalmente ouvi o som que havia desejado por tanto tempo. O choro de Linda era alto. Ainda mais alto que o de Nicholas.

Após me encostar no peito de Alexander, deixei as lágrimas escorrerem livremente pelas minhas bochechas, já sentindo os braços coçando para segurar minha filha.

A enfermeira caminhava para perto de nós segurando um embrulhinho cor-de-rosa. Alexander envolveu meus braços com os dele e, juntos, recebemos nossa filha.

Linda d'Ávilla Ferraz era uma verdadeira cópia de seu pai. E o que mais me surpreendeu foi ver como essa semelhança me fazia feliz.

De repente, um turbilhão de sentimentos assolou meu coração. Mas um deles foi mais forte do que todos. Um amor sem igual e sem medidas. O mesmo amor que eu havia sentido pela primeira vez alguns meses antes, quando Nicholas se aconchegara em meu colo do mesmo modo que sua irmã estava fazendo naquele momento.

— Obrigado, Sophie. Por ter me deixado realizar os seus sonhos. E por me fazer te amar cada vez mais.

Alexander me beijou lentamente.

— Você é o meu sonho.

∞

Quando Alexander entrou no quarto com Nicholas nos braços, eu estava amamentando Linda com um sorriso bobo no rosto. Levantei a cabeça e, de algum modo, meu sorriso triplicou de tamanho.

— Oi, amorzinho! — falei baixinho, esticando o braço que estava livre para segurá-lo.

Meu marido se sentou ao meu lado na cama e me ajudou a segurar nossos dois filhos ao mesmo tempo. Passou o braço pelos meus ombros, beijou o topo da minha cabeça e disse:

— Eu poderia congelar esse momento pelo resto da minha vida, como numa foto.

Sorri para ele. Poderíamos congelar aquele momento numa foto e levá-lo conosco para sempre. A questão era que eu havia aprendido que não valia a pena congelar momentos. O que devemos fazer é congelar sentimentos. Especialmente o amor. Porque eu aprendi que os momentos passam, e algumas coisas se vão.

O amor pode ser estranho demais e, muitas vezes, inesperado. Mas, quando chega, ele simplesmente acontece. Assim como a gente sempre acontece.

FIM.